十二國記
華胥之幽夢
小野不由美
繪者◆山田章博
Yamada Akihiro
譯者◆王蘊潔

十二國記

華胥之幽夢

目錄

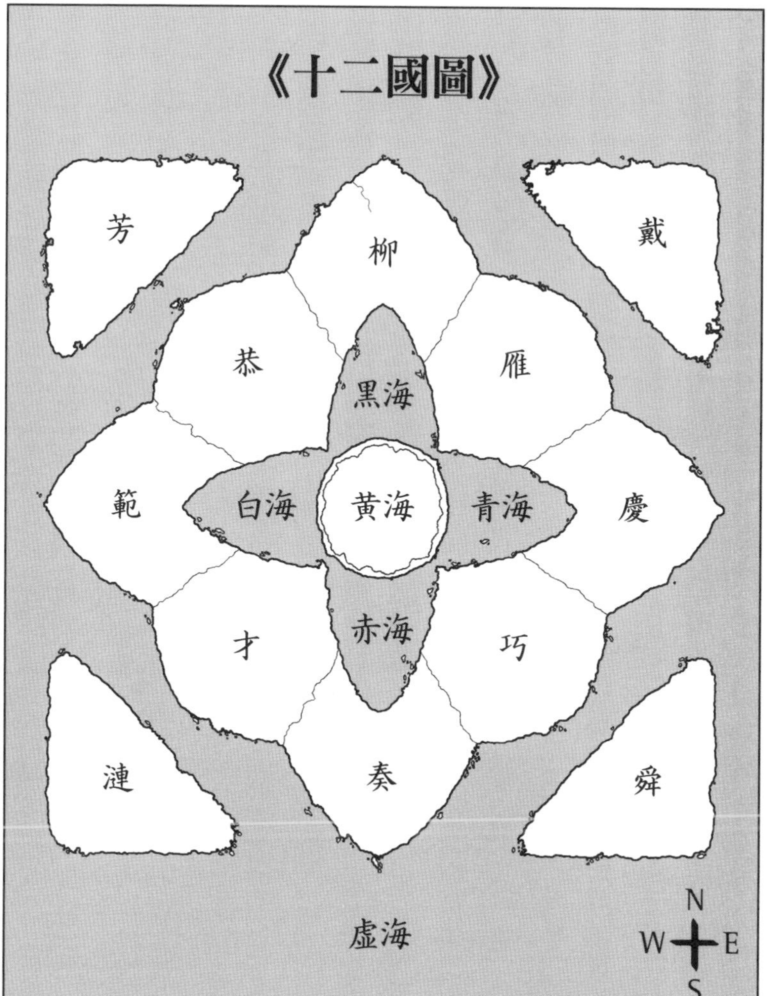
《十二國圖》
芳
柳
戴
恭
雁
黑海
範
白海
黃海
青海
慶
赤海
才
巧
漣
奏
舜
虛海
N
W
E
S

冬榮

泰麒走出屋外時，發現宮城驟然不變。

他在迴廊上停下腳步，眨了眨眼睛，頻頻巡視四周。並不是宮城本身發生了變化，巨大的宮殿和寬敞的庭院都依然未變。白牆青瓦，以及行色匆匆的下官都一如往常——只不過眼前的一切似乎從內側發出淡淡的柔光。

所有的一切都帶著柔和的光。難得晴朗的冬日天空宛如蒙上一層薄紗，淡化了天空的藍色，太陽似乎透著白光，泰麒腳下的陰影也變成了淡墨色，但周圍的景色看起來比中午時更明亮。

似霧——卻非霧。泰麒覺得有類似的東西籠罩了周圍，帶著微光，只是細得肉眼無法看見。

「怎麼了？」

跟著泰麒走出宮殿的正賴在他身後問道。

泰麒轉頭看著正賴，默默指向寬敞的庭院，似乎在問，這是怎麼回事？

「啊喲，是白陽，真難得一見啊。」

正賴笑著仰望天空。正賴是泰麒的傅相，兼任戴國首都所在地瑞州的令尹。像泰麒這麼年幼的宰輔通常會有傅相負起養育之責，傅相隨時在宰輔身旁，輔佐他私生活方面的大小事宜和政務，同時也擔任宰輔的教師。

「白陽？」

「這種天氣就稱為白陽，下界應該是晴天。」

泰麒仍然不解地偏著頭。

「雲海下方的雲層散開了，下界的雪產生反光，所以才會這樣。」

「是喔……」

泰麒巡視著被白色幽光籠罩的周圍，覺得就像陽光隔著紙窗照進屋內的感覺。他充滿懷念地回想起在已經變成異界的遙遠故鄉，當天氣晴朗的早晨醒來時，就是這種感覺。

「雲層必須完全散開，而且天氣必須很晴朗。一年之中難得有幾次這種天氣，您真幸運。」

「現在可以看到下界的景象嗎？」

「要不要去看看？」

泰麒用力點了點頭。王宮像小島一樣浮在海的中央，照理說，可以隔著雲海看到下界的景象，但冬天的時候，因為雲海下方被雲層遮蔽，所以看不到。

正賴笑著伸出手，泰麒握住傅相溫暖的手，抬頭看著他。

「如果不走快點，是不是又會被雲遮住？」

正賴了然於心地笑了笑。

「那我們走捷徑。」

泰麒興奮地點了點頭。泰麒很喜歡走傅相說的「捷徑」，傅相經常帶著他走只有下官使用的小路和後巷，有時候偷偷穿越關閉的宮殿或府第的庭院，每次都忍不住感到好奇，原來王宮內還有這種地方。為了避免嚇到下官，只要聽到有動靜，他們就會立刻躲進暗處，這也令泰麒感到很刺激。

這一天，正賴也牽著他的手走過府第角落，躡手躡腳地穿越後巷走「捷徑」。當他們穿越高樓露臺的下方，來到庭院時，剛好看到幾個人牽著騎獸，從附近的宮殿內走出來。

「——台輔。」

有人驚訝地停下腳步叫了一聲。雖然泰麒和正賴慌忙躲了起來，但兩個人在暗處互看了一眼。

「被發現了。」

「只能乖乖出去挨罵了。」

泰麒和正賴相視而笑，從樹叢後方走了出來。幾個身穿皮甲的人站在附近的石板上等他們，其中有禁軍將軍巖趙和阿選，他們都帶著騎獸，另一個身穿皮甲的女人是瑞州師將軍李齋，也帶著她的騎獸飛燕。大司徒宣角也在其中，代表他們並不是為了軍事目的聚集在一起。而且——泰麒的主人也面帶笑容地站在他們後方。他有著一頭綻放異彩的灰白色頭髮和一雙紅玉般的眼睛。

「台輔真是神出鬼沒啊。」

李齋最先跪下行禮後笑著說道。

「因為是難得的天氣，所以來看雲海，也許可以看到下界的景象——我可以摸飛燕嗎？」

「當然可以。」

李齋一派輕鬆地回答。

「但是，台輔——恕我直言，即使去了雲海，這種天氣什麼都看不到啊。」

泰麒撫摸著飛燕的毛，偏著頭納悶。

「不是沒有雲嗎？」

「是啊，但地面會反光，什麼都看不到。」

泰麒聽了訝異不已，抬頭看著正賴。正賴把頭轉到一旁，似乎拚命忍著促狹的笑。巖趙突然晃著龐大的身軀笑了起來，難以想像他像岩石般巨大的身體會發出這麼爽朗的笑聲。

「正賴又耍我。」

飛燕叫了一聲，好像在安慰泰麒。泰麒撫摸著牠的脖子，嘆了一口氣。「正賴太過分了，上次我問他，令尹是什麼？他回答說，就是照顧小孩的人。結果我這麼告訴驍宗主上，被笑了一頓。」

「事後主上一定痛斥了正賴，所以也就扯平了。」

阿選笑著說道，泰麒也跟著笑了。正賴也呵呵笑了起來。阿選原本是禁軍的將軍，不久之前登基的驍宗也是禁軍的將軍，所以他們是身分、地位相當的好友，李齋和驍宗的關係也很密切，巖趙和正賴等人以前也都是驍宗的部屬，他們之間有一種親近的人之間特有的親切感。

正賴面帶笑容地催促著泰麒。

「趁主上還沒有責備，我們趕快離開吧。雖然看不到下界的景象很遺憾，但可以看到難得一見的景象。雲海閃著白光，是不可多得的美景。」

「不能順便從禁門下去看下界的情況嗎？」

他們剛好在內殿深處，只要穿越剛才李齋他們走出來的那棟宮殿就到禁門了。正賴挑著眉毛說：

「下面很冷，你身體那麼小，會馬上冷到骨子裡。」

「一下下而已。」

泰麒說道，驍宗上前一步。他是戴國之王——泰麒的主人。

「我帶你去。」

泰麒很高興，但也深感歉意。王剛登基時都日理萬機，照理說，根本沒時間陪泰麒。

「但……您不是有事嗎？」

「李齋他們也要先把騎獸牽回廄房，而且我剛好有事想找你。」

看到主人的笑容，泰麒也跟著笑了起來。因為這是他獨一無二的主人，只要和主人在一起，就會無條件地感到高興。泰麒回頭看著正賴，正賴瞇起眼睛笑著說：「我在這裡等你。」

「對不起，您剛回來就勞駕您。」

「沒關係。」驍宗回頭露出微笑，他的身後是前一刻才剛打開的門，門的前方有一扇很大的窗戶，外面是一片雲海。在異國出生的泰麒對天空上方有這樣的雲海感到很不可思議。

雲海響起靜靜的波濤聲，平時都是陰鬱的灰色，今天是一片白色。雲海好像從海底被照亮了，珍珠色的海面閃耀著淡淡的光芒。

泰麒歡呼著跑到窗邊，驍宗把一件厚大衣披在他的肩上。

「穿上吧，外面真的很冷。」

「但是，您不冷嗎？」

「我沒事。」

雖然泰麒有點不好意思，但驍宗的關心讓他感到高興，所以他點了點頭，追上率先走向階梯的驍宗，卻不慎踩到長大衣的衣襬，差一點跌倒。驍宗見狀，為他拉了拉衣襬，然後把他整個人抱了起來。

「你還真輕啊。」

「因為我是麒麟的關係。」

泰麒並不是人——雖然他對此感到意外——而是名為麒麟的靈獸，所以他一頭藍灰色的奇妙頭髮其實並不是頭髮，而是鬣毛，就像所有會在天空飛翔的獸一樣，他的身體很輕盈。

「也對。」驍宗嘀咕了一句，抱著泰麒，走下大廳角落的白色石階。在走下並不算短的石階期間，其實已經下降了數十倍的距離。這種奇妙的事在王宮內隨處可見，泰麒起初也感到很稀奇，但已經漸漸習慣。天空中有飛獸，天空上方有海，人們的頭髮和眼睛的顏色五花八門——他已經習慣這裡就是這樣的世界。

走下寬敞緩和的階梯，那裡是一個大廳。正前方有一道巨大的門，站在兩側的門衛看到驍宗和泰麒，立刻打開了門。刺骨的寒風和銳利的光立刻湧進門內。

禁門位在凌雲山半山腰一個巨大洞窟深處，洞窟貫穿至雲海附近的高處，門前是三方都是岩壁的一大片空地，唯一開闊的那一側邊緣是陡峭的懸崖。泰麒從驍宗的臂彎中滑了下來，緊緊握住他溫暖的手探頭張望，眼下是被白雪覆蓋的鴻基街道，周圍劇烈起伏的山巒積著白雪，閃著銀白色的光，和藍天形成了鮮明的對比。

「……好美。」

他小聲說話的同時，寒冷的空氣鑽進了他的喉嚨深處，冰冷的刺激讓他差一點用力咳嗽。走出禁門，走向邊緣的這段路，他的皮膚已經凍僵，冰冷的空氣滲進眼睛，既刺眼，又寒冷，眼睛也痛了起來。

「真的好冷。」

他的嘴巴也凍僵了，無法順利張開，驍宗點了點頭。

「戴國位在極北之地，冬天一到，就開始下雪，里和廬都被大雪封閉了。這種晴朗的天氣持續不了幾天，雖然在天上的王宮裡並沒有太大的感覺，但百姓都在這麼寒冷的天氣中過日子。」

「真辛苦……」

「一旦失去了房子，就會立刻凍死。山野都被白雪覆蓋，整個地面都凍結，即使想要挖草根充飢也難以如願。秋天準備的糧食一旦見底，就只能忍受飢餓，但秋天的收穫要看天候，為過冬所做的準備決定了百姓的生死——這裡就是這樣的國家。」

泰麒默然無語地看著這片冰天雪地，沒有任何生機的城市。

「這片國土看起來純潔又美麗，但同時也殘酷又可怕——千萬要記住這件事。」

「好。」泰麒點了點頭，他的心情也變得嚴肅起來。

不一會兒，泰麒就被推著走回了禁門，即使遠離了寒冷的空氣，仍然感到渾身發冷。雖然只有短短的時間，他的手腳已經冰冷，指尖也感到疼痛，但不光是因為寒冷的關係，才讓他覺得好像有冰冷的疙瘩梗在心頭。

「是不是很冷？」

驍宗問道，然後用開朗的聲音問：「怎麼樣？想不想去溫暖的地方看看？」

「溫暖的地方？」

泰麒納悶地偏著頭。驍宗回答說：

「沒有下雪，氣候溫暖，鮮花盛開的地方。」

「但現在不是冬天嗎？」

泰麒問，驍宗微微彎下身體，把手放在泰麒肩上露出微笑。

「蒿里，我有一事想請你幫忙。」

泰麒更納悶了，他不知道「溫暖的地方」和「幫忙」之間有什麼關係。

「——我希望你去漣。」

「漣……漣國嗎？就是遙遠南方的漣國？」

驍宗點了點頭。

「你以前在蓬山時，廉台輔曾經照顧你，我想去向她道謝，同時也要告訴她，託她的福，戴國漸漸穩定了，只不過我抽不出空。」

「所以要我去？」

「照理說，在登基之後，就應該派使節前往各國，但聽說漣國發生了動亂，動亂本身已經平息，可能暫時無暇接待使節，所以暫時不便叨擾，最近聽說終於安定下來了，所以希望你代替我，以使節的身分去拜訪廉王。」

「我……一個人去嗎？」

泰麒結巴起來。

「當然會派人陪你去——這是一項重大任務，你願意去嗎？」

和驍宗道別後，泰麒垂頭喪氣地回到正賴等待的庭院。正賴看到泰麒後走了過來，立刻納悶地偏著頭問。

「怎麼了？」

「我要去漣國。」

泰麒說道，正賴恍然大悟地點了點頭。

「喔，原來是找您談這件事。」

「你知道？」

「之前主上曾經徵求我的意見，對台輔而言，這項任務是否太重大了。我拍胸脯向他保證，台輔絕對沒有問題。」

正賴說完，看著泰麒的臉。

「——還是您不想去漣國？」

「不是。」

泰麒用力搖頭。他真的不是不願意去，也不希望別人認為他不願意。

「還是感到不安？」

泰麒看著地面，再度搖了搖頭。

「……並不是……這樣。」

「這次的任務重大，但驍宗大人又無法同行。」

正賴原本是驍宗軍的軍吏，所以他有時候提到驍宗時不稱「主上」。

「……漣國很遠，從出發到回來，就要花很長時間吧？」

「是啊，即使帶上騎獸，單程也要花半個月的時間。再怎麼快去快回，恐怕也趕不上新年的祭禮。」

「我不參加也沒關係嗎？」

「照理說，應該是主上和台輔共同迎接新年，但主上也是想利用這段時間派使節前往漣國。這個時期剛好有很多祭禮，沒什麼重大的事——如果不是這個時期，不是也會造成對方的困擾嗎？」

「是啊……」

「還是因為要離開驍宗大人，讓您感到難過嗎？」

泰麒抬頭看著正賴，正賴心領神會地點了點頭。

「驍宗大人最近的確很忙。」

事實上，驍宗這一陣子真的忙得不可開交。從冬至的郊祀前就開始忙碌不已，在郊祀結束之後，仍然無法空閒下來。自從正賴擔任傅相後，驍宗在下午辦公時，也不再來關心泰麒，連三餐也不是每次都能在一起吃，經常只能在朝議前後稍微聊幾句而已。

「根本沒有時間好好聊天，而且又要外出旅行這麼久，所以您感到不安吧？」

「嗯……」

泰麒也知道那是因為驍宗太忙了，但仍然感到不安。自己是不是做錯了什麼——他總是忍不住這麼想。因為以前在故鄉的老家時，他總是做錯事，惹家人不高興。

泰麒從小就是一個無法回應他人期待的孩子。他知道周圍的人對他充滿期待，卻不知道別人對他有什麼期待。原本以為自己做得很好，卻往往令家人失望。因為自己的關係，往往讓事情無法順利——泰麒始終有這種直覺，這種感覺至今仍然沒有消除。

「……我在這裡、很礙事嗎？所以要我去漣國？」

「怎麼可能？」正賴笑了起來，「原來您是因為這個原因這麼沮喪，這當然不可能啊，因為台輔是無可取代的人。」

「因為我是麒麟嗎？」

「是啊。」

「但是……」

泰麒說到一半，沒有繼續說下去。正賴歪著頭，等待他的下文，但泰麒搖了搖頭，閉上了嘴。正賴溫柔地苦笑著。

「看來您真的很不安。既然這樣，更要努力完成這次的重責大任，到時候應該就會有好事。」

「好事？」

「對啊。」正賴笑了笑，逗趣地舉起了手，「其他的就是祕密了。」

「啊？」

泰麒忍不住握住了正賴的袖子。

「——正賴，你聽我說，」

「不行不行，您最會撒嬌了，我很想告訴您，但一旦我說了，會挨驍宗大人的罵。」

＊

那天之後，青鳥不停地在戴國和漣國的國府之間往返，決定了泰麒的出訪日期，也決定了出訪的成員。

使節團由泰麒擔任正使，將帶傅相正賴和負責照料泰麒生活起居的大僕潭翠，還有擔任副使的瑞州師左軍將軍霜元，以及禁軍右軍將軍阿選四個人一起出訪。這四個人又分別率領一名下官，一行總共有九人。他們並未高舉敕使的旌幢，而是一身便服前往漣國。雖說是正式的使節，但這是泰王個人派使節私下謁見廉王。

漣國位在世界的西南方位，和戴國一樣，與大陸之間隔著虛海。漣國是離戴國最遙遠的國家，戴國和漣國之間幾乎沒有任何往來，之前也從來沒有任何邦交，如果從是否需要邦交這一點來論，之後也沒有建立邦交的需要，但廉麟以前曾經幫過泰麒的忙。當泰麒流落到異國——對泰麒而言的故鄉時，廉麟把他帶回這個世界。

「你覺得廉台輔是怎樣的人？」

剛離開鴻基，泰麒就問正賴。雖然要靠騎獸前往漣國，泰麒還無法騎在騎獸身上，所以用外形像籃子般的轎子架在兩頭外形像牛的騎獸身上，泰麒穩穩地坐在上面。

「咦？」同行的正賴驚訝地問道：「台輔，您不是應該知道嗎？」

「不，我也沒有見過她。不對，應該說，曾經看過她，只是當時我剛被帶回來這裡，還驚魂未定，所以連她長什麼樣子都沒有看清楚。」

泰麒說完之後，害羞地坦承道：

「其實我那時候還在哭，連我自己也不知道為什麼哭。然後哭著哭著就睡著了，當我醒來時，廉台輔已經回去漣國了。」

「原來是這樣……我也不認識廉台輔，我猜想戴國應該沒有人知道廉王和廉台輔是怎樣的人。」

「總共只有十二個王，十二個麒麟，大家應該當朋友啊。」

泰麒說道，正賴笑了起來。

「有道理……但是，相信您日後會知道，大家無法輕易成為朋友的原因。」

泰麒聞言，露出驚訝的表情，但很快就瞭解了其中的原因。

因為國家之間的距離太遙遠，根本無法頻繁交流。

雖然他們騎著腳程很快的騎獸，也花了一晝夜才離開戴國，又花一晝夜越過虛海，之後進入柳國的港都，沿著虛海的沿岸前往恭國。再沿著岸邊一路南下到範國，最後再越過虛海，在天空中飛行半個月，才好不容易看到漣國的岸邊。

「……我終於深有體會了。」

飄然降落在漣國的首都重嶺時，泰麒小聲嘀咕道。正賴不解地看著他。

「不能當朋友的原因……路途這麼遙遠，去找朋友玩一下再回來，就沒時間做其他事了。」

「對啊。」正賴笑著說：「這次的旅途很長，您是不是累了？」

泰麒等一行人讓騎獸降落在重嶺周圍的空地上。近距離觀察時，發現重嶺的大街小巷都張燈結彩，準備迎接新年。

「不會，今天只飛了半天而已。」

「是嗎？」正賴有點沮喪地嘆了一口氣說：「台輔，您很會忍耐，雖然幫了我的大忙，但也覺得很無趣。」

泰麒驚訝地抬頭看著正賴。

「你覺得很無趣嗎？」

「當然啊。我的工作就是抓住頑皮搗蛋小鬼的脖子，好好教訓他一頓。如果您不偶然做一些離譜的惡作劇，讓我好好打一下您尊貴的屁股，我會覺得很沒勁啊。」

正賴逗趣地皺著眉頭說道，泰麒小聲笑了起來。

「我會努力看看。」

「那就請您多費心了。」

正賴笑著說話時，兩名率先前往重嶺的下官從旁邊巨大的正門——午門走了出來。四名下官中，每天都由其中兩名先從旅店出發，先一步前往當天的逗留地安排住宿。

「啊，他們來了——希望今天的旅店是個好地方。」

重嶺溫暖得令人難以置信。沿途經過了柳國、恭國和範國，每經過一個國家，就可以明顯感受到氣溫變得暖和。用羊毛做內襯的羽毛大衣是戴國過冬必不可少的禦寒衣服，在進入範國南部後，終於再也穿不住了。

他們一起進入了旅店。因為氣候太溫暖了，離開白圭宮之後第一次換上朝服的正賴仍然露出受不了的表情。

「……好像很熱啊。」

泰麒對走出臥室的正賴說。

「是啊。」正賴嘆著氣回答。「雖然之前就聽說漣國很溫暖，沒想到這麼熱，簡直就和戴國的春季或秋季差不多。」

「是啊。」

「這是戴國這個季節的朝服，所以也無可奈何了。我先去國府拜訪，通知他們我們已經抵達。」

「我不用去嗎？」

「只是先去通知一下，如果您一起去，還要換上禮服，您就趁現在好好涼快一下。我差不多傍晚回來。」

「所以我要在你回來之前好好惡作劇一下。」

泰麒說，正賴放聲笑了起來。

「沒錯，要讓潭翠他們叫苦連天。」

正賴說完，看向好像影子般站在起居室角落的大僕。潭翠一如往常地不發一語，即使聽到正賴開玩笑，也沒有插嘴，只是露出淡淡的苦笑。

「您別告訴潭翠，其實我經常想見識一下潭翠驚慌失措的樣子。」

「所以我要惡作劇，讓潭翠急得跳腳嗎？」

「好好加油，如果您成功了，我回來之後，就會把您吊在庭院的樹上。」

正賴帶著兩名同樣換上朝服的下官離開後，換下一身旅裝的霜元和阿選走進了泰麒的房間。

「您會覺得累嗎？」

霜元開口問道。霜元原本是驍宗軍的師帥，在新朝廷擔任瑞州師左軍將軍要職。雖然身材不像帶領禁軍左軍的巖趙那麼壯碩，但個子也很高大，舉手投足氣宇軒昂。泰麒每次見到霜元，就想起以前在故鄉看的書上提到的「騎士」這兩個字。

「不會——你們看。」

泰麒站在窗邊，指著窗外的庭院，兩名將軍一派輕鬆地走到窗邊，看著泰麒手指的方向。

「庭院裡有花。」

雖然驍宗之前告訴他，這裡是「鮮花盛開的地方」，但他沒有想到真的有一個國家，在這個季節鮮花盛開，也沒有任何地方被白雪覆蓋。即使站在窗邊，也不會感到寒冷。在戴國時，只要站在窗邊，從窗戶滲進來的風和寒氣會讓人全身發抖。

霜元瞇起眼睛看著窗外。

「……不知道這是什麼花？接下來應該就會盛開吧。我從來沒有想過，竟然有一個國家在這個季節沒有下雪。」

「我也是。」泰麒靠在窗框上托腮回答。「戴國到處都是一片白雪茫茫，我以為這裡每個地方都差不多。」

「這裡？」

「嗯。在蓬萊那裡時，只有偶爾會下雪，通常不會下雪，但也不會這麼溫暖。戴國不是到處都是一片冰天雪地嗎？所以我一直以為，這裡的每個國家都一樣。因為這是我第一次在這裡過冬，現在才知道，原來只有戴國才那麼冷。」

「是啊。」霜元一臉嚴肅地點著頭。

「我再度深刻體會到，世界真的很大。」

「外面的農地也還沒有收割……」

「在南方國家，冬天時，農地也不休耕。」

阿選說道。

「聽說會在冬天期間種雜穀。」

「是喔，」泰麒眨了眨眼睛，「原來植物在冬天也會生長。這麼說，即使在冬季時，也可以去農田摘菜嗎？」

「好像是。」

「如果戴國也可以這樣就好了……」

泰麒嘆著氣，兩名將軍也深有感慨地表示同意。

「不知道有沒有小孩子在外面玩，搞不好還有人在原野上放牧家畜。」

這個溫暖國家的人不知道過著怎樣的生活？泰麒出神地看著窗外，似乎想要一探究竟。

「既然這樣，」阿選開了口，「要不要去外面走一走？如果您不覺得累，在下可以陪您。」

「真的嗎？可以嗎？」

泰麒轉過頭，樂得手舞足蹈，阿選笑著點了點頭。

前王時代，和驍宗同為禁軍將軍的阿選和驍宗有「雙璧」之稱，他德高望重，武藝也不輸給驍宗，或許因為這個原因，風貌也和驍宗有幾分神似，只不過驍宗有時候很可怕，會展現出令人畏懼的霸氣。阿選身上沒有這種霸氣，所以泰麒和他相處時也不會感到害怕。

泰麒充滿期待地看著霜元，霜元似乎思考著是否該這麼做。

「參觀重嶺並非壞事，我反而認為讓台輔增長見聞是一件好事。」

阿選也一起說服霜元，霜元最後點了點頭。

「只要有我們和潭翠，應該不會有什麼意外狀況。」

重嶺——和鴻基一樣——位在凌雲山的山麓。雖然是寒冬季節，但街上人來人往，整個城市有一種開放的感覺。泰麒感到好奇不已。

這裡和鴻基相差太大了。泰麒心想。鴻基的所有房子都被冰天雪地覆蓋，百姓只能靠著厚牆中的溫暖過日子。山野到處都是積雪，根本不可能把家畜放到戶外，當然更無法期待任何收成。街上只有不得不外出的人行色匆匆，而且每個人都穿著厚棉袍，豎起衣領，用布或毛皮包著頭，低下頭，縮起脖子，似乎用強大的力量把一切都往內塞——這就是戴國這個國家。

泰麒覺得漣國完全相反。即使在這個冬天的季節，所有的一切都很開放。隔著敞開的木窗板，可以看到屋內的情況，店家也都敞著大門，許多百姓在商店進進出出。大人站在街頭聊天，小孩子跑來跑去，家畜聚集在空地上，吃著滿地的枯草。

「太棒了……」

泰麒語帶嘆息地說道。

「是啊。」阿選苦笑著說：「如果戴國的冬天能有這裡的一半溫暖，百姓的日子就大不相同了。」

的確如此。泰麒也這麼認為。雖然漣國整個國家看起來並不富裕——恭國和範國看起來更加富足——但無論是整個城市，還是街上的行人，都散發出一種從容的感覺。漣國不久之前才平息了內亂，但完全感受不到這種緊張的感覺。戴國則完全不同，雖然改朝換代的時間尚短，但即使在鴻基的街頭，也不時有人凍死。有些里因為物資用盡，有人活活餓死，其他人明知道很危險，也只能捨棄自己的里，在大雪中成群結隊地前往近鄰的城鎮。

大地的收穫只能讓百姓勉強維生，必須靠開採玉和金銀補貼生活，但先王把這些占為己有，所以戴國百姓長期只能勉強度日。即使在新王登基之後，生活也無法得到大幅改善。

「如果神明讓戴國暖和一點就好了。」

泰麒說，霜元露出微笑。

「雖然無法帶給戴國溫暖的氣候，但天帝給了戴國新王。」

「是啊。」泰麒小聲地說完，垂下視線。

「一國只要有賢君，國家和百姓就能攜手克服苦難，這不是上天賜予的最大恩惠嗎？」

「……嗯。」

「怎麼了？」

「嗯嗯。」泰麒搖了搖頭，沒有回答，避開了霜元訝異的眼神。他的視線看向前方一片綠地，拿著鋤頭和鐵鏟的農民正不慌不忙地工作著。

——如果戴國也可以像這樣就好了。

和阿選他們一起回到旅店，見到了從國府回來的正賴。為了準備明天的行程，泰麒早早回到臥室休息，但仍然想著這件事。

如果戴國也可以像恭國和範國那麼富強，或是像漣國一樣氣候宜人，不知道該有多好。

自從驍宗帶他去禁門之後，就有一個冰冷的疙瘩盤踞在泰麒的心頭。百姓都生活在那片冰天雪地之中。從官吏的報告中得知，百姓的生活並沒有改善，路上不時有人凍死，也不斷有人餓死後，他更感到渾身發冷。

那片無情的白色風景。

（……很多人都活不下去了。）

然而，自己卻無能為力。

泰麒是麒麟，麒麟是上天創造，賜予百姓。麒麟通天意，聽天命，被稱為天帝之子，是上天的代理人，但泰麒並不具備拯救百姓的力量。不僅無法改變氣候，甚至無法創造任何奇蹟。

麒麟選王——就只是如此而已。泰麒選出了驍宗，讓他成為一國之王。泰麒覺得他能夠發揮的奇蹟也到此為止了。

（我已經沒有任何力氣了……）

泰麒已經完成了自己的使命。不，他還有身為宰輔和州侯的公務要處理，也必須發揮這兩個角色的功能，但泰麒太年幼了，無法充分發揮作用，所有的實務工作都由正賴和驍宗負責，泰麒只要點頭表示同意。相反地，為了向泰麒說明，讓他瞭解情況，反而增加了正賴和其他人的負擔。

麒麟選王之後，到底為何而存在？

他知道自己背負著眾人的期待，只要看正賴、阿選和霜元——只要看這些大人的行為就知道。這些出色的大人對只是小孩子的泰麒畢恭畢敬，但那只是如同正賴所說，自己是「無可取代」的人，他們才用這些禮節對待自己。

但是，泰麒到底哪裡「無可取代」？以前或許曾經無可取代，萬一日後驍宗像先王一樣失道，不再是王，需要一個新的王時，或許會再度變得無可取代，但現在的泰麒只是剛滿十一歲的孩子，沒有能力做任何事，也什麼都不懂，自己只是周圍人的負擔而已。

這就是泰麒內心不安的根源。

他知道自己受到期待，卻不知道該怎麼做。他沒有能力完成任何事，只能看著別人。他始終覺得自己根本是無用的存在，無論在哪裡，都只會礙事。正賴和驍宗難道沒有這麼認為嗎？他們不是理所當然地會這麼認為嗎？

＊

翌日，泰麒換上禮服，走進了聳立在重嶺北側的皋門。漣國之王廉王所住的宮殿稱為雨潦宮。

一行人在前來迎接的漣國官吏大行人帶領下逐一穿越了五門。每走過一道門，就會經過通往重嶺山內部的階梯狀隧道，在貫穿雲海的高山上越爬越高。爬上最後的隧道，經過第五道路門時，已經在雲海之上了——像島嶼般聳立的山頂，山頂上的雨潦宮無論是燕朝和王宮的結構，都和白圭宮大同小異。

雲海上比下界更溫暖。和鴻基山相比，重嶺山的起伏並沒有比較大，山頂和緩寬敞，建在山頂上的王宮比白圭宮更大，空間也更寬敞。雖然正值冬季，卻有豐沛的綠意點綴其間。眼前的風景讓泰麒心生懷念。

寬敞的王宮建在一片綠意之中，所有的建築物都有很多門窗，很多迴廊和涼亭都沒有牆壁，和綠意渾然一體的景象很像泰麒曾經短暫生活的蓬山。

泰麒等一行人走出路門後，立刻被帶往外殿。寬敞的正殿內空氣清涼，正中央有一張莊嚴的御座，但御座上空無一人。

泰麒看到空蕩蕩的御座感到驚訝，正賴和其他人似乎也感到不知所措。帶著泰麒一行人來到這裡的漣國官吏更加錯愕不已。他們手足無措地面面相覷，心神不寧地巡視著偌大的正殿內部。一名官吏從空蕩的正殿旁跑了過來，向大行人咬耳朵。大行人滿臉驚訝，和官吏交談了幾句後，極度驚惶地跪在泰麒面前磕頭。

「恕我無禮，請您千萬別生氣。再恕我惶恐，請……移駕去裡面。」

「去、裡面嗎？」

正賴問道，和阿選、霜元互看著。通常迎接他國賓客的掌客殿位在外殿西側，再往裡面走就是內殿，除非關係很密切，否則即使是他國之王，也不方便輕易踏入內殿。

「是，在下帶各位去見主上。」

大行人回答，他手足無措，額頭冒著汗珠。

他們很快備妥了轎子，泰麒一行人肅然而行，經過宮城內的隔牆，繼續走向內殿。在內殿內走了一段後，發現前方有兩道比之前看到的隔牆更高、更堅固的牆。

「正賴，我問你，」

泰麒悄悄問坐在轎子旁的傅相。

「……什麼事？」

「剛才的宮殿不是仁重殿嗎？」

「嗯，」正賴也困惑地點了點頭，「我剛才也這麼以為。」

「既然那是仁重殿，那這裡就是路寢？」

「嗯……應該是。」

「經過路寢後方的門，不就進入後宮了嗎？」

「照理說……應該是……但不可能吧？」

雖然正賴這麼回答，但他神色很緊張，額頭上冒著汗珠，似乎不光是因為氣溫的關係。

雲海上王宮的最深處——燕朝，被好幾道隔牆和大門區隔成幾個區域。最後方的是王后居住的北宮，北宮前面是小寢，統稱為後宮。後宮東側是王的親屬居住的長明宮和嘉永宮等，總稱為東宮；西側是鳳凰和白雉等五種靈鳥棲身之處構成的西宮。後宮、東宮和西宮統稱為燕寢，由於後宮是燕寢的中心，所以有時候也統稱為後宮，但目前戴國白圭宮的後宮除了西宮以外都處於關閉狀態，即使沒有關閉，宰輔也無法輕易出入西宮以外的後宮。泰麒雖然年幼，但也知道這些規矩。

大行人在看起來像是通往後宮的門前停下了腳步，然後放下了轎子，向一行人磕頭。

「呃……恕我們失禮，裡面請，我們無法繼續入內。」

「呃，那個……」

正賴不知所措地說，大行人打斷了他。

「主上有令，請各位入門。門殿處會有閽人負責通報，敬請入內。」

「……只有我們進去嗎？」

「萬分抱歉。」大行人深深鞠躬，漲紅的額頭上汗如雨下。看到他為難的樣子，泰麒催著正賴和其他人說：

「是廉王請我們入內……對不對？」

「是……啊。」

正賴看了看門內，又看了看門外。

「那就進去吧。」阿選靜靜地說道：「下官就先留在這裡，如果帶他們一起入內，就未免太失禮了。」

「不，」大行人說：「主上請所有人都一起入內。」

說完，他再度磕頭，滿是汗水的額頭碰到了石板地。

「──在下深知各位貴賓備感困惑，但敬請入內。」

後宮很冷清，不見人影。沿途沒有遇見任何下官，他們沿著石板來到內側的門殿，也不見官吏的身影，就連守門的門衛也不知去向。放眼望去，完全找不到任何可以通報的人。

「根本沒有人……」

泰麒向敞開的門內張望。綠樹成蔭的前庭後方是小寢的宮殿，但完全看不到人，甚至沒有任何動靜。

「怎麼辦？」

泰麒回頭看著周圍的大人，他們也茫然不知所措。

「正賴？」

「你問我該怎麼辦，我也……」

「我從來沒有去過後宮，正賴，你呢？」

「呃……只是進去過幾次。白圭宮的後宮關閉時，我也在場，但後宮是空的……也不是其他國家的後宮……」

從霜元和阿選的表情來看，他們也一樣。至於那幾名下官，眼前的狀況讓他們嚇得六神無主。

泰麒走進門內打量四周，看到完全沒有人，只好繼續穿越前庭，走去前方的宮殿。

「台輔。」

他走上基壇，走進宮殿內，然後眺望後方的庭院，輕輕叫了一聲。

「請問——有人在嗎？」

「……台、台輔。」

泰麒轉過頭。

「因為根本看不到人啊，不叫也不行啊。」

「但是……」

「請問有沒有人在？這裡有人嗎？」

沒想到眼前這個麒麟這麼大膽。正賴和其他人都瞪大了眼睛，但對泰麒來說並不足為奇，他只是遵循故鄉造訪別人家裡時的習慣而已。

「有人在嗎？」

泰麒大聲叫著，但完全聽不到任何回答。

「好像沒有人，現在該怎麼辦？」

「您問我該怎麼辦，我也不知道啊。」

「那要不要去庭院看看？不知道能不能找到人。」

「那怎麼行？」

「但總不能就這樣回去吧？」

「是沒錯啦。」

「只要不進去屋內，應該就沒問題吧？總之，我去找找看。」

「這怎麼行？」正賴小聲嘀咕著，然後突然握住了拳頭，「我和您一起去——霜元，請你們在這裡等我們。」

「但是……」

「別擔心，不管怎麼說，也是一國的台輔，不可能受到嚴厲的處罰……至於我，已經做好了心理準備。」

「我也去。」潭翠說，但正賴出言制止。

「這裡門戶大開，顯然不同尋常。台輔有使令，總之，我陪同台輔去看看。」

泰麒牽著正賴的手繼續走去裡面。穿越兩個庭院後，來到祀殿，裡面也空無一人。但這裡並不是完全沒有人，因為祀殿打掃得很乾淨，祭祀祖靈的供桌上也供著新的線香和綠枝。

雖然沒有特別的理由，但泰麒和正賴向西走向北宮。他們穿越迴廊，來到另一個庭院，四處張望，來到北宮的園林時停下了腳步。

泰麒驚訝看著眼前的景象，然後抬頭看著正賴。

「……這裡有農田。」

「是啊……」

「白圭宮裡沒有農田吧?還是說，後宮有農田?」
「通常都不會有。」
「聽說這裡之前有內亂，是不是情況很嚴重，所以要在王宮內種蔬菜?」
「不……不清楚。」
泰麒仍然握著正賴的手，沿著茂密樹叢旁的菜園田埂繼續往前走，轉過房子的轉角處，發現眼前是一大片田園風景。他們沿著整齊的田埂繼續往前走，看到一片整齊的低矮樹木，看起來很像是果園。
「正賴。」
泰麒叫著正賴，伸手向前一指。他們終於發現了人影。一個農夫正在樹下剪樹枝，那不知道是什麼樹，樹上結著紅色的果實。
「請問……」
泰麒叫了一聲，鬆開正賴的手，跑進明亮的樹林。
「請問一下。」
聽到泰麒的聲音，身穿農服的年輕人轉過頭。他看到了泰麒，然後看向泰麒身後的正賴燦爛一笑，用袖子擦了擦臉，把剪下的樹枝放在旁邊的草山上，向他們鞠了一躬。

「對不起，我們擅自走進來。我們正在找人，因為門殿那裡沒有人。」
「咦？」年輕人偏著頭。
「沒有人嗎？那他們一定都去睡午覺了。」
「對不起，打擾你工作，不知道有沒有人可以為我們通報？吾——不，我是來自戴國的泰麒。」
「喔，」那個人露出親切的笑容，「原來你就是泰台輔。之前聽說你很年幼，原來真的很小。」
「請問你是？」
「喔，我姓鴨。鴨世卓。」
「這個庭院真漂亮。」
聽到泰麒這麼說，年輕人笑得很開心。
「是嗎？」
「請問這個紅色的果實是什麼？」
「這叫紅嘉祥，送你一個。」
世卓伸手從樹枝上摘下了紅得發亮的果實，立刻丟進一旁的水桶，然後用毛巾擦乾淨。

「泰台輔，請嘗嘗吧，裡面有種子，吃的時候要小心。」

「好。」

泰麒說完，抬頭看著世卓。

「但是……我可以收下嗎？這不是屬於廉王的嗎？」

「那是我種的，送給你也不會造成別人的困擾。」

「但會不會被廉王罵？」

世卓露出為難的表情說：

「我就是王啊，沒辦法罵我吧？」

泰麒拿著紅色的果實，木然地抬頭看著世卓。

「請問……您就是廉王嗎？」

「對，是啊。」

泰麒不知如何是好，回頭看著正賴，正賴也目瞪口呆地愣在那裡。泰麒更加不知所措地看著世卓帶著笑容的臉龐。雖然他之前學過在正殿謁見王的禮儀，但在眼前的場合，到底該怎麼辦？

世卓似乎並沒有察覺泰麒的困惑，又伸手摘了一個紅色的果實，回頭看著正賴問：

「這位客人要不要也來一個？」

「……好，呃……不。」

「站著說話太失禮了，附近有涼亭，我們去那裡吧。」

泰麒立刻點了點頭。

世卓在桶子內放了好幾個紅嘉祥，拎著桶子走出果樹園。不一會兒，就來到了用漂亮的石頭築起的池畔。水池呈複雜的幾何圖案，到處都架著橋，水池周圍有好幾個涼亭和露臺。

世卓走向其中一個涼亭，站在池邊向泰麒招手。

「台輔，請坐這裡。穿這身衣服很熱吧，要不要先把袍子脫了？」

「呃……好，但是……」

泰麒回頭看著正賴，正賴臉上露出僵硬的笑容。

「那就恭敬不如從命。」

「你也脫了吧。」

「不，不必在意小官。」

「但不是很熱嗎？」

「呃——是，是很熱，那就遵從您貴言……」
正賴誠惶誠恐，語無倫次。世卓一臉開朗地看了他一眼，去水池洗了手，然後洗了桶內的果實，放在池畔的石桌上。
「台輔身著禮服，我這身衣服太失禮了。因為之前聽說非為公務造訪，而是以私人身分前來。」
「不……呃，彼此彼此，對不起。」
世卓笑了起來。
「台輔不需要為此道歉，是我太大意了。因為聽說不是公務，以為就像是鄰居來家裡喝杯茶，看來要挨台輔的罵了。」
「……我嗎？」
「喔，」世卓笑了起來，「是本國的台輔……嗯，真複雜啊。因為我就是這樣，所以整天挨廉麟的罵。」
世卓說話時，開朗地笑了起來。
「因為我惦記著紅嘉祥，所以沒有多想，請他們直接帶你們來這裡。果然應該像廉麟所說的，換上禮服，在外殿等候各位。」
「您剛才在做什麼？」

「在整枝啊，把看起來無法長大的果實連同樹枝一起修剪掉，其他果實就可以長得更大。」

「廉王真內行啊。」

「因為我是農夫，這是農夫的工作。」

泰麒露出驚訝的表情。

「您的工作不是當王嗎？」

世卓瞪大了眼睛，好像感到很意外，然後偏著頭說：

「……那應該算是職責吧？不能算是工作，因為並不是靠這個吃飯。」

泰麒聽不懂他的意思，眨了眨眼，世卓笑著說：

「農夫的工作不是種植農作物、飼養家畜嗎？」

「嗯……是啊。」泰麒點著頭，「但是，完成……職責不也是工作嗎？」

「應該不是吧？」

「職責和工作有什麼不一樣？」

世卓笑了笑說：

「工作是自己挑選的，職責是上天賦予的。」

泰麒呆若木雞，這時聽到了熟悉的聲音。始終不發一語的正賴立刻轉頭望去，看到走過來的人影，立刻用求助的聲音叫了一聲：「霜元！」同時聽到一個輕快的女人聲音：

「啊喲——你竟然這身打扮迎接台輔嗎？」

女人說話的語氣很無奈，她有著一頭像陽光般明亮的金髮。

「而且還是在這種地方，所以我不是說了嗎？即使是私人訪問，也不能太失禮。」

「嗯，是啊，妳說得對，我好像太失禮了。」

「而且還讓同行的貴賓在門前不知所措——真是傷透腦筋啊。」

雖然世卓像小孩子一樣道歉說：「對不起。」但臉上仍然帶著笑容。那個女人見狀，只能無奈地笑了起來，然後蹲在泰麒面前，和他視線保持相同的高度。

「你是泰台輔嗎？歡迎你前來此地，請你不要介意。」

「妳是廉台輔嗎？」

「對，很高興見到你。」

「我也很高興。那個——謝謝妳。」

「謝什麼？」

「我聽蓬山的玉葉大人說了，以前玉葉大人派汕子來接我時，妳出借了很重要的東西。」

「喔，」廉麟笑了笑，「是吳剛環蛇嗎？那是向主上借的，如果要道謝，請對主上說，不過主上要先去換衣服。」

「是喔。」世卓發現廉麟露出苦笑看著自己，小聲嘀咕道。

「對不起，我先去更衣，請各位稍候片刻。」

世卓害羞地笑了笑，走回正寢，泰麒一行人被帶往外殿，一切才終於按照禮儀進行。

泰麒預定在這裡停留三天。雖然泰麒一行人身為廉王的私人賓客，但還是接受了正式的款待，也參加了正式的活動。他們並不是住在掌客殿內，而是在正寢的大園林內，接待他們的官吏和照顧他們生活起居的下官人數都很少，而且世卓還一派輕鬆地說，可以隨心所欲地出入燕朝。

「……這麼毫無防備，不會有問題嗎？」

霜元難以理解。和泰麒同行的大人都有點手足無措，似乎很不自在，但泰麒覺得很輕鬆愉快。泰麒搞不清楚各種禮儀和很多規矩，即使知道，也很不習慣，平時總是戰戰兢兢，擔心自己會做錯什麼，但在雨潦宮時，完全不必在意這種細節。

「能夠如此毫無防備，就代表宮城內很安全啊。」

阿選苦笑著說，正賴嘆著氣。

「真不知道是安全還是大意……漣國的人似乎在任何事上都很不拘小節啊……」

「這樣不行嗎？」

泰麒問，正賴垂頭喪氣地嘆著氣。

「沒什麼不行，只是我不習慣而已。我以前是軍隊的文官，軍隊有一大堆規定，我已經習慣遵守那些規定，遇到相反的情況就……」

霜元和阿選也點頭表示贊同。

「有一種渾身不自在的感覺……我們就繼續在這裡彆扭，台輔，你可以好好地玩，因為這裡似乎更適合你。」

「我並不是不喜歡白圭宮。」

「我知道，我也並不討厭雨潦宮，因為這兩天下來，我已經三度看到潭翠不知所措的樣子了。」

「是啊，」泰麒笑著說：「昨天廉台輔送早餐進來，為我們倒茶時，潭翠整個人都僵住了。」

「雖然這種話不能大聲說，潭翠很少會這麼驚慌失措。」

泰麒竊聲笑了起來。潭翠一如往常地站在門旁，對他們的談話充耳不聞，只是臉上露出悵然的表情。

「那我走了。」

泰麒說完，走出寬敞的樓閣。潭翠默然不語地跟在他身後。泰麒頭也不回地前往北宮。世卓不處理公務的時候都在農田裡——泰麒這麼想著，跑去農田一看，換上農服的世卓果然在那裡。

「午安。」

聽到泰麒的招呼聲，世卓粲然而笑。泰麒看到他爽朗的笑容感到很高興。即使在公務期間，或是正式儀式的空檔，只要一有空，世卓就往農田裡跑，泰麒也整天在農田裡幫忙。

不，雖說是幫忙，但其實只是在世卓周圍打轉，等待世卓吩咐他做事。泰麒從來沒有務農的經驗，想要幫忙時，也不知道該做什麼，只能聽從世卓的吩咐忙東忙西，和在戴國時差不多。

「我……會不會妨礙到你？」

泰麒在撿拾剛才不小心撞到後散落一地的樹枝時，突然想到這件事，脫口問道。

世卓和他一起撿著樹枝，笑著說：「不會啊。」泰麒覺得廉王整天面帶笑容。

「我覺得自己很礙事，但我明天就要離開了……可不可以請你再忍耐一下？」

「你完全不會礙事啊，我小時候也和你一樣，喜歡在鄰居做事時，在一旁幫忙，就這樣學會了農活。」

世卓說完，「啊！」了一聲，靦腆地笑了笑。

「我想起來了，即使你學會農夫的工作也沒用，我是不是不該找你幫忙這些沒用的事？」

「沒這回事。呃……我很高興你願意讓我幫忙……」

那是泰麒的真心話。泰麒第一次近距離觀察農務工作，所以對任何事都感到新鮮好奇。在溫暖的風中工作令他心情舒暢，看到世卓勤快工作的樣子，也讓他感到舒服，最重要的是，世卓的隨和讓泰麒感到安心。泰麒不太瞭解這個世界的常識和大人世界的常識，生活在一群大人之中，對他而言就是緊張不已的大事。

「但是……我在想，如果我只是礙事的話，是不是離開比較好……」

泰麒沮喪地說道，世卓偏著頭問：

「……是不是發生了什麼事？」

「啊？」泰麒反問道。

「你在幫我的忙，怎麼可能礙事呢？但你這麼說，必定有原因吧。」

「因為我什麼都不會……」

「但是，你從剛才就搬了很多樹枝，也幫我提水，還撿了稻草。」

「我只是幫忙搬而已。」

「這代表你幫了我的忙啊，但你剛才說那種話，好像覺得自己是一個無用的人。」

世卓一雙清澈的雙眼露出溫柔的眼神注視著泰麒，泰麒垂頭喪氣。

「……希望不是……但恐怕事實就是這樣。」

「為什麼？」

「因為我什麼都不會。不光是不會農務，真的什麼都不會……雖然驍宗主上說，因為我年紀還太小，但我相信他一定對我很失望。」

「是這樣嗎？」

被世卓這麼一問，泰麒低下了頭。世卓輕輕拍了拍泰麒的背。

「要不要休息一下？」

世卓指著草堆說。

「不，請你繼續工作。」

「我累了啊，要不要喝茶？」

世卓笑著問完，又對著田埂的方向問：

「那位陪同的客人，要不要也來喝杯茶？」

站在遠處的潭翠做出了謝絕的動作。

「那位陪同的客人也很辛苦，因為整天都坐在那裡。」

世卓說完，請泰麒喝裝在大茶壺中帶來的茶。

「我原本以為大僕的工作很危險，所以很辛苦，但現在看來，沒有任何危險的時候可能更辛苦。」

「是啊。」泰麒笑了笑，但立刻收起了笑容，看著世卓遞給他的茶杯。

「……廉王，你之前說，工作和職責不一樣。」

「是啊。」世卓點了點頭。

「當初聽你這麼說的時候，覺得言之有理。麒麟的職責就是選王，我已經完成了我的職責，所以可以專心做工作，但無論當宰輔或是當州侯，我年紀都太小了，無法勝任這些工作。」

世卓直視著泰麒，然後偏著頭。

「……麒麟的工作不是悲天憫人嗎？」

「不是選王嗎？」

「選王也是其中一部分，因為要選對百姓而言最好的王。」

「所以……我還沒有完成我的職責嗎？」

「我覺得應該是這樣。」

「那麒麟的工作是什麼？」

「你的工作就是長大。」

世卓說完，笑了起來。

「小孩子不都這樣嗎？」

世卓摘了垂在頭頂上的一個紅嘉祥，放在泰麒的手上。

「……你好像有很多煩惱，但這也是你的工作。你的工作就是多吃、多睡，多哭、多笑。」

泰麒看著自己的手掌，上面有一顆鮮豔美麗的紅色果實。

「百姓都在受苦受難，我這樣就行了嗎？戴國很寒冷，很多百姓在冰天雪地中承受煎熬，我雖然是宰輔，雖然是州侯，卻無法為他們做任何事。無法為他們做任何事，只是慢慢長大……」

「但是，」世卓開了口，「我也沒做什麼了不起的事啊。因為我是農夫，所以對政治一竅不通。廉麟比我更瞭解政治，所以我都倚重她，我只會種田、照顧家畜。」

「即使是一國之王？」

「是啊，」世卓笑了起來，「因為我只會種田，所以只能種田。如果說有什麼貢獻的話，那就是我拆除了園林，不需要再費工夫照顧了，還有稍微節省了一點公帑，我猜想應該比去向重嶺的商人買便宜吧。」

「請問……你賣給膳夫嗎？」

「是啊。」世卓一臉嚴肅的表情回答，「如果不賣的話，就無法生活了。因為我是農夫。雖然國家會供應我職務上所需的一切，像是許多下官的薪俸、綢緞的禮服，還有宴請賓客的美酒佳餚，否則靠我自己工作，根本沒能力支付這些開支，但也不能要求將所有的開支控制在我能支付的範圍，廉麟也說，這樣會讓國家的顏面盡失。」

「嗯……是啊。」

「所以我也幾乎沒有發揮任何作用——但是，如果有天帝的話，應該早就知道我只有這點能耐。」

泰麒驚訝地抬頭看著世卓。

「原本是農夫的我成為一國之王，代表上天是這樣安排，所以我什麼都不做，因為我認為我不需要做，只要像照顧農作物一樣照顧國家就好。」

「照顧國家……」

「樹木會自然生長，國家也會自然發展。樹木知道對自己最有利的生長方式，我只是提供協助而已。當樹葉枯萎了，就代表需要澆水，所以我就立刻澆水，我覺得國家應該也差不多。」

「……廉台輔呢？」泰麒看著世卓小聲嘀咕，「在廉王用這種方式照顧時，廉台輔提供怎樣的協助呢？」

「沒有。」世卓語氣開朗地回答，「因為廉麟並不是農夫，無法分辨好的樹枝和不好的樹枝，也不知道什麼時候該澆水，什麼時候不該澆水。」

「所以，她無事可做嗎？」

「不，」世卓粲然而笑，「當結出豐碩的果實時，她會感到高興。」

泰麒愣住了。

「……就這樣而已？」

「這件事很重要。當天氣寒冷，或是因為盡了職責感到疲憊時，就不太想去果園，但想到如果果實掉落，廉麟會很失望，就會努力振作。」

世卓說完，仰頭看著果園。

「我守護著這個國家，隨時觀察是否有什麼壞的徵兆，有沒有什麼不足之處，因為這就是照顧的人應盡的職責。我守護著國家，台輔守護著我，看我有沒有盡自己的職責，有沒有什麼壞的徵兆。有時候正因為有人守護，所以才能完成某些事。」

守護。泰麒在嘴裡小聲重複了這兩個字。

「我……也可以這樣嗎？也可以只守護而已嗎？」
「守護並不是一件輕鬆的事，就像那位大僕，光是守護也是很辛苦的工作。」
「是啊。」泰麒看向潭翠。在泰麒和世卓說話時，潭翠隨時注意觀察著周圍的情況。
「並不是只有四處奔波才辛苦，對不對？」
「對。」
泰麒點了點頭，戰戰兢兢地看著世卓。
「如果我守護驍宗主上的話，他會感到高興嗎？」
「當然啊。」世卓笑著回答。
「雖然我不太瞭解政治，也不瞭解麒麟，但很瞭解農務和王的事，我相信泰王也很依賴你守護的眼神。」
是這樣嗎？泰麒暗想道。他無法想像驍宗會依賴自己這種小孩子。
「如果說，我是這個國家的守護者，那廉麟就是我的守護者，也許這才是麒麟的工作。」

＊

一個多月後，泰麒回到了鴻基，鴻基仍然一片冰天雪地。他看著腳下白色的山野，來到了禁門。

泰麒一行人跳下騎獸後，門衛立刻衝了出來，嘴裡吐著白氣，整齊地迎接他們的歸來，找來了閽人，騎獸交給了士兵，大門靜靜地打開了。

「我再度體會到，戴國和漣國之間的不同並不光是寒冷而已。」

泰麒說道，正賴笑了起來。

「沒錯。」

「正賴，你是不是鬆了一口氣？」

「有一點啦。」

他們笑著穿越了禁門，直接走向內殿。看到已經有人通報他們歸國的消息，走進內殿時，官吏都列隊迎接，王坐在御座上。

泰麒感受著殿內緊張的氣氛，走到御座前，當場跪下行禮。

「我回來了。」

驍宗點了點頭，向他招手，示意他去高壇上。泰麒起身走向御座旁，奇妙的是，他竟然覺得終於回到了屬於自己的地方。

「漣國怎麼樣？」

「真的鮮花盛開。」

「是嗎？」驍宗笑了起來，「詳細情況等一下再聽你說。」

驍宗說完，又對冢宰說：

「詳細情況可以用文書報告，他們一定很累，讓他們早點休息。」

「是。」冢宰口齒清晰地回答，向完成大任的泰麒表達恭賀，霜元向諸官簡單報告了情況，在簡單完成儀式後，驍宗放下了珠簾，代表已經結束。

「你是不是累了？今天可以好好休息，我送你回房間。」

他輕輕推著泰麒的背說完，走出了內殿。

「不，我一點都不累……但是，對喔，您還要工作。」

雖然自己有很多話想要告訴驍宗。泰麒在說話的同時這麼想道，驍宗笑了笑。

「既然你回來了，今天我休息一天也無妨啊。」

泰麒喜出望外，樂得想要跳起來。

「廉王和廉台輔是怎樣的人？」

「他們都是很好的人。」

泰麒走在驍宗的腳下，滔滔不絕地說了起來。除了突然闖進後宮、宮城內有農田的事，還說了早晨廉麟來叫泰麒他們起床，為他們打開窗戶、裝洗臉水，還為他們倒茶，讓潭翠他們不知所措。

「我還去果園幫忙，廉王——」

泰麒說到這裡，驍宗推著他的背說：

「蒿里，走這裡。」

「啊？」泰麒巡視左右，去仁重殿應該走這裡啊。他這麼想道，偏著頭看向驍宗。

驍宗笑著說：

「走這裡。」

「喔……好啊。」

驍宗走向通往正寢的路。泰麒猜想驍宗可能邀他去坐一下，所以並沒有太在意，繼續喋喋不休地說著雨潦宮的情況、重嶺的情況，以及中途落腳的柳國、恭國和範國的事。對泰麒來說，一個月的時間很漫長，他有很多話要說，而且覺得像這樣和驍宗說話，可以填補驍宗不在身邊的那段時間。

「結果，正賴——」

泰麒說到這裡，突然停下了腳步。雖然驍宗一路推著他，但眼前來到了陌生的地方。他巡視四周，發現正寢的正殿就在不遠處，這裡似乎是正殿西側的宮殿。

「正賴怎麼了？」

驍宗說著，穿越了宮殿，來到一個不大的庭院。泰麒驚訝地停下了腳步，因為他看到潭翠站在前方看起來像是主樓的建築物門口。剛才在禁門道別後，他以為潭翠已經回去仁重殿了。

「怎麼了？」驍宗笑著問道，泰麒慌忙走進主樓，走進去之後，忍不住驚叫起來。因為平時照顧他的女官，和他的私人物品都在裡面。

「……為什麼？」

泰麒轉頭看著驍宗，同時想起去漣國之前，正賴曾經告訴他「會有好事」。

「該不會是、我要、搬來這裡？」

「如果你不會捨不得仁重殿的話。」

泰麒興奮不已，他知道自己漲紅了臉。這裡離驍宗的正殿太近了。王宮很大，即使想要和驍宗稍微聊幾句，對泰麒來說，距離太遠了，所以始終無法如願。

「而且這麼一來，和州廳廣德殿之間的距離變遠了。」

「完全沒問題，我可以加快腳步。」

「加快腳步就來得及嗎？」

「如果來不及，我用跑的。」
「每天跑不是很累嗎？」
「沒問題，這樣有益身體健康，而且我也會長大，只要每天跑步，一定會更快長大——呃，還有……」
「你還是討厭轎子嗎？」
驍宗笑著問，泰麒輕輕點了點頭。泰麒不習慣坐轎子，因為大人扛著轎子讓他感到很過意不去，所以很不自在。
「蒿里，那你接下來這一陣子必須向潭翠拜師學藝了。」
「潭翠？」
「宮裡有小馬，讓潭翠教你騎。」
「啊？」泰麒跳了起來，「我嗎？我可以騎馬嗎？」
驍宗點了點頭。
「騎騎獸的話會比較輕鬆，但按照慣例，宮內不可以騎騎獸，而且對你來說，騎獸也太大了。如果像旅行時一樣，裝上轎子讓你坐就沒問題，但你會覺得很無趣，對嗎？」
泰麒高興得腦筋一片空白。

「熬過這麼漫長的旅程，真是辛苦你了。」

「但是……並不會太辛苦，而且有很多開心的事……還可以得到這麼大的犒賞嗎？」

「當然啊。」驍宗笑著走向二樓，二樓是一個明亮溫暖的房間，四周的折門上裝了玻璃，可以眺望周圍的園林。

「並不光是為了你，我也希望你留在我身邊。」

泰麒張大了眼睛，立刻覺得驍宗又在關心自己。因為自己整天感到孤單，整天很不安，所以驍宗用這種方式關心自己。

「那個……但是……」

他不希望驍宗誤會他為這件事不高興，但驍宗這麼費心，會增加驍宗的負擔，讓他心情沉重，他思考著該如何表達這種想法，驍宗苦笑著說：

「我好像太性急了。」

驍宗說完，在一張椅子上坐了下來，指了指身旁的椅子。泰麒乖乖坐了下來。

「有人說我性子太急，做事太果敢，我認為這種說法雖不中，亦不遠，但我向來不擅長放鬆，所以能夠經常看到你，對我會有幫助。」

「看到我？」

「就像剛來白圭宮時那樣，你整天問我這是什麼、那是什麼，陪我說話比較好，希望你成為緩衝，讓我急躁的心情平靜下來，否則可能會一個人跑得很遠，所有的官吏都跟不上我的腳步。」

泰麒一臉茫然地抬頭看著驍宗。

「……怎麼了？」

「沒事。」泰麒搖了搖頭。

「今天就好好聽你聊旅行的事，讓自己心情放鬆下來。臥信說我這一陣子神經繃得太緊，他會感到害怕，所以不願接近我。」

「臥信？瑞州師的？」

臥信原本是驍宗軍的人，目前率領瑞州師的右軍。

「聽說那種感覺就像和飢餓的老虎為伴。」

驍宗苦笑起來，泰麒也忍不住笑了。原來是這麼一回事。泰麒終於恍然大悟。自己是驍宗的守護者，只要守護著他，不要讓他感到飢餓就好。

「那我會努力讓你吃飽肚子。」

「那就一言為定。」驍宗笑了起來，然後突然舉起手。

「啊——那是你從漣國帶回來的。」

「啊？」

泰麒不知道驍宗在說什麼，順著他手指的方向看去，發現玻璃窗外，巨大的梅樹逼近欄杆，眼前的樹枝上有兩朵白色的小花。

戴國漫長的冬天終於漸漸接近尾聲了。

乘月

「恣意治理國政悖逆天道。」

男人站在國家權力的頂點——御座的下方。鑲嵌了金銀寶石的四根柱子支撐著高壇，四方的珠簾拉起，但御座上空無一人。極盡奢華的御座和背後雕刻著飛龍的白銀屏風照亮了他的身影。

偌大的外殿內，諸官按照慣例，跪在綺筵上低著頭，諸官和站在御座下、面對諸官的男人都充分感受著向面前空御座跪拜的空虛。

「我國的國土屬於峰王，即使主上不在御座上，我們一介官吏也不能隨心所欲。」

說話的男人目前掌握了芳國的實權，但他向來站在高壇下，絕不踏上高壇。

——這個男人名叫月溪，先王峰王任命他為惠州州侯，四年前，他團結其他諸侯，討伐了峰王。

「為了平息朝政的混亂，之前不得不越權行事。這原本就是我們招致的混亂，收拾殘局也屬於義務的範疇。但是，經過了四年的歲月，朝廷終於步上了軌道。從今以後，我們不可再越權，不得專橫，要努力讓朝廷和國王雙方維持現狀，靜靜等待交給新王的日子。」

跪在空蕩蕩御座前方殿堂內的眾多官吏中，有幾名官吏低頭跪在前方。

「以法令為例，照理說，未經主上裁可，就不得立法或廢法。令人遺憾的是，主上留下了許多折磨百姓而無益處的嚴苛法令，我們已經廣為宣傳，不加以實施，也不加以責備。我們只能做到這種程度而已，日後就任的新王才能廢止這些嚴苛法令。我們沒有權力輕易立法或是廢除法令。」

月溪說完，看著跪在官吏前方的年邁男人。

「小庸——」

男人抬起頭，看著月溪。

「同樣地，以後我們也要嚴守分際，不可踰越，況且，也沒有必要踰越分際。主上雖然在法令上很嚴苛，但對奸猾官吏也很嚴格。雖然過度要求廉潔清白，但也因此在最大程度上避免了心術不正的官吏侵犯芳國的國權。雖然人數比以前減少，所幸朝廷內還有眾多德高望重的官吏留下。得此幸運，夫復何求。治國是負責國府運作的諸官的職責，我的職責是治理好惠州，並非治國。我只是州侯，干涉國政本身就是踐踏天道的行為。我認為自己不該繼續留在鷹隼宮——難道不是嗎？」

小庸垂下視線。

「……國家需要有王。」

「主上不在。」

「百官需有主，如果無人帶領諸官，帶著決心治理國政，立法治國，帶領朝廷，如何避免國家荒廢？」

「峰王才是芳國的百官之主。」

小庸抬頭看著月溪。

「因為我們弒君，所以峰王已不在御座。」

「小庸——」

「的確，臣子討伐君王是滔天大罪，芳國目前是必須被唾棄的逆賊之國。雖然獲得恭國供王的承認，卻是無法得到公認的王朝——惠侯不願意成為這個王朝之主嗎？」

「我並非此意。」

「——難道後悔討伐仲韃嗎？」

月溪移開了視線。

「我們討伐了峰王仲韃，在這裡的所有官吏都是參與此大逆不道之舉的逆臣，但我並未以此為恥。仲韃立下的嚴苛法令導致多少百姓喪生，又折磨了多少百姓？姑且不論這稱為義憤還是私怨，仲韃不可繼續留在御座上——惠侯，正因為你也認同，才會違背天道，成為弒君的盟主，難道不是嗎？」

月溪沒有回答小庸的問題。

「無天命者登基，的確稱為篡位，你這麼害怕被人指責為篡位嗎？既然如此，當初為什麼決定做出大逆之舉？既然基於對深受折磨的百姓的慈悲舉兵弒君，為什麼不將這種慈悲用於失去王的百姓身上？既然讓百姓無王，即使是偽王，惠侯不是也有義務給百姓一個王嗎？」

月溪不知如何回答，低頭沉思時，一名下官走了進來。下官行禮後，走到月溪身旁，小聲向他咬耳朵。

「慶國的……」

月溪瞪大眼睛看著下官，有點慌亂地看著小庸和其他人，然後告訴他們要暫時離開，帶著下官，快步離開外殿。

「景王的親筆信？」

月溪再度問下官。下官深深鞠了一躬，回了一個肯定的答覆。

「給我的嗎？」

自己是踐踏天地的條理、慘殺一國之王、篡奪御座的逆賊，沒有資格接受慶國正當的王寫的親筆信。更何況芳國和慶國之間沒有任何邦交，但慶國竟然派了使者，攜帶慶國的親筆信來找月溪。

下官似乎也深感困惑，不安地點了點頭。月溪也困惑地吩咐將使者帶去別殿。

月溪穿著官服直奔別殿，納悶地坐在下座，等待慶國使者一行人。跟在下官身後出現的使者也穿著樸素的官服，隨從的打扮看起來也像是文官，但使者自報姓名說是禁軍將軍。

「此行非為公事，景王因私事派在下前來。」

將軍說罷，婉拒了上座。

「在下名為青辛，主上派在下送親筆信給惠侯。」

坐在月溪對面的男人說完，遞上一封信。月溪看了看慶國將軍，又看了看親筆信。

「……恕我無禮請教，這真的是給我的信嗎？」

月溪問，青辛一臉不解地抬起頭。

「主上指示在下交給惠侯。」

「給我個人嗎？不是給敝國嗎？」

月溪再度問道，青辛露出訝異的表情。

「在下聽說惠侯目前統率貴國，應是同時有這兩者的意思。」

月溪輕輕吐了一口氣。

「……既然這樣，我不能收。」

月溪說完，吩咐下官去叫小庸。

「請放輕鬆，冢宰馬上就來了。」

「好。」青辛點了點頭，似乎不知道該如何應對，月溪輕輕笑了笑說：

「我只是惠州侯，既然將軍叫我惠侯，想必也知道此事。」

「是……的確、沒錯。」

青辛雖然嘴上這麼回答，但還是極度困惑——這也難怪。月溪心想。沒有王的朝廷需要有人主掌朝廷。如果王失去天帝而失去御座，通常由留下的朝臣召開臨時朝廷，推立代王。如果冢宰還在，就由冢宰身為百官之主登上御座。登上御座不光是名義而已，冢宰也會實際登上高壇，坐在御座上。雖然會省略王入御座時的禮儀，但冢宰會實際坐在御座上。姑且不論「御座」這兩個字象徵的意義，但那張椅子並不是一國之王所坐的地方，而是領導國家的施政者所坐的座位。

如果王尚未失去天命，就會推立偽王。只有對御座有野心的人討伐王時，王才會在天命未盡的情況下命絕——其中也有像月溪他們那樣的例子，並不是為了篡奪王位，而是為了消滅失道的王而行大逆之舉，但通常情況下，都由決定採取大逆之舉的人登上御座。所謂大逆，就是討伐王後，自己登上御座的行為，正因為有人想要取代失去道義的王，自己坐上御座，才會決定採取大逆之舉。

「所以，」青辛不安地開了口，「惠侯，您並沒有成為代王。」

月溪皺起眉頭。青辛的話意外刺痛了他的內心。

「沒有理由推立代王，敝國目前的朝廷也並非代朝。」

因大逆而登上御座的國主並無天命，沒有天命的人霸占專屬於有天命的王所坐的位子，因此稱為偽王，偽王率領的朝廷稱為偽朝。

「也許可以勉強稱為偽朝，雖然沒有人想要取代主上。」

「是。」將軍點了點頭，似乎想要說什麼，但又慌忙住了嘴。

「怎麼了？有話但說無妨，我願洗耳恭聽。」

「呃……那在下就恭敬不如從命，有話直說了。在下聽說芳國目前的國主是惠侯，主上也如此認為。主上交付的親筆信要交給芳國國主的惠侯，在下無法判斷是否該交給冢宰。因為……之前並未想到眼前的狀況。」

月溪忍不住失笑。

「既然討伐了王，理所當然會篡位嗎？」

青辛尷尬不已，挪了一下身體。

「不——呃，不是這個意思。」

「我的確煽動諸官討伐了峰王，但並沒有恬不知恥到還想要坐上王位。我深知自己的罪孽深重，也知道大罪之身不可以玷汙王位。」

話音剛落，就看到小庸小跑過來。

「冢宰來了……那我就先告辭了。」

月溪行了一禮後轉身離開，在殿堂入口和小庸擦身而過。被下官叫來後立刻趕到的小庸看了看一臉嚴肅表情離開的月溪，和滿臉困惑地站在那裡的慶國賓客。雖然察覺到尷尬的氣氛，但看著月溪離開的背影，來不及問到底發生了什麼事。

「——敝人是芳國的冢宰，承蒙您遠道而來，惶恐之至。」

小庸向賓客致意，但對方仍然看著月溪離去的門口，隨行的下官也都心神不寧。

「請問……怎麼了？」

「很抱歉……在下似乎惹惱了惠侯。」

小庸偏著頭納悶，身穿官服的男人再度跪下行禮。

「恕在下失禮，在下是慶國禁軍的將軍青辛。」

「歡迎前來——請問有何失禮？」

「不，」青辛笑了笑，「是在下失禮。同時，也要恕冢宰原諒在下失禮。主上交付在下一封親筆信，吩咐要交給惠侯，但剛才聽惠侯說，目前由冢宰主持朝廷，所以這封親筆信該交給冢宰，但因為信中也提到拜託惠侯之事，所以在下不知該不該交給您。」

「喔，」小庸嘆了口氣，微微搖了搖頭，「總之，請放輕鬆。隨行的各位也請去休息。來人啊。」

小庸找來下官，命下官帶隨行人員去別處休息，並好好款待。然後指著殿堂深處，新綠如蔭的庭院說：

「這邊請。芳國正值宜人季節，請去那裡坐著聊，我馬上請人拿茶點來。」

「好。」將軍點了點頭，冢宰帶他前往庭院。放了石桌的庭院內吹著柔和的風。

「……剛才似乎對將軍失禮了。」

「不，是在下失禮了。」

「將軍造訪惠侯是理所當然的，剛迎接正當新王的將軍或許會感到不悅——但我們當初是追隨惠侯，討伐了峰王。」

「……聽說峰王對百姓很嚴苛？」

小庸點了點頭。

「雖然聽起來像是強詞奪理，但容敝人辯解，主上登基之後，芳國有六十萬百姓因為一些枝微末節的小罪遭到審判，進而失去了生命。」

「——六十萬。」

整個國家幾乎屍橫遍野，數人之中，就有一人慘遭殺害。

「主上對犯罪深惡痛絕，無法原諒任何微不足道的罪行。偷竊是死罪，丟下農務去看戲也是死罪——芳國曾經是這樣的國家。」

青辛點了點頭，他已經大致聽說了這些事。

「惠侯終於號召諸侯諸官起義，我們弒殺了主上。惠侯是弒君的盟主，惠侯推翻主上後，將繼承這個國家——慶國的諸位會有這種想法完全在情理之中。因為我們原本也以為如此。」

四年前，月溪認為仲韃已經失道，他州八侯和小庸等國官響應他的號召舉兵起義，殺了仲韃和王后佳花，也討伐了峰麟，讓仲韃的王朝落幕了。

雖然消除了禍害，但仲韃是王。國家一旦無王，就會走向荒廢。仲韃的暴政和小庸等發動的叛亂破壞了朝廷。必須重整朝廷，為一國無王時代的艱苦困境做好準備——參與弒君的人做好了為此負責的準備，既然是自己討伐了王，導致國家荒廢，就必須負起拯救國家的責任。

然而，弒君的盟主月溪在處理完最低限度的後續事宜後，將之後的處置工作交給人數減少了一半的國官，回到了惠州。

「……惠侯完全無意繼承國家，他發動起義只是為了阻止峰王繼續虐殺百姓，並不是想要取代峰王，治理芳國。」

「但我聽說惠侯主持芳國的朝廷。」

「沒錯，雖然惠侯堅稱犯下大逆之罪的人不可治理國家，但如果沒有惠侯，芳國就無法維持下去，這是更切實的問題。因為對我們來說，惠侯是名為盟主的主子，既然已經身為主子，如果惠侯不指揮朝政，百官就無法團結一致，朝廷也無法正常運作。」

在成功討伐先王的混亂中，小庸和百官對月溪的離去感到茫然若失。因為對他們而言，月溪是唯一的盟主。月溪號召諸侯諸官，組織了有志於大逆之士，實際指揮了行動。盟主突然消失，朝廷頓時陷入了混亂。必須有人繼承國家，但到底該由誰繼承。無數意見和想法錯綜對立，小庸和其他百官寸步難行。

小庸等人訴說了眼前的困境，請月溪回朝。請月溪回朝是朝廷百官唯一的共識，月溪回應了百官懇求，終於回到了王宮。四年來，在月溪的指導下，芳國走到了今天。

「但是，惠侯完全無意在國府內擔任任何職位，即使我們再三建議，都一概遭到拒絕。他堅稱治理國家是國官的職責，自己只是加以協助。事實上，惠侯至今仍然是惠州州侯，平時都在惠州城內，只有在國政有重要大事，或是我們提出請求時，才會來鷹隼宮，所以差不多有一半時間在王宮度過，只不過……」

小庸住了嘴。來自慶國的客人和芳國沒有任何關係，小庸和使者之間也沒有私交，他知道自己在使者面前太衝動了，為了克制激動的情緒，只能閉口不語。

「只不過？如果不會太失禮，可不可以請您繼續說下去？在下帶著主上的親筆信來到此地，如果不把信送到，就無法回去。」

聽到青辛溫柔的話語，小庸抓住了自己的雙腿說：

「——惠侯要回惠州了，撒手不管這裡的事了。」

「朝廷百官不是會很傷腦筋嗎？」

「是啊，除了惠侯以外，無人能夠帶領芳國，惠侯卻要敝人承擔這個重責大任。」

經過四年的努力，混亂終於漸漸平息。官吏各就各位，朝廷終於能夠正常運作，為拯救百姓做好了準備，各項工作幾乎都已經開始推動。月溪似乎認為相關工作已告一段落，提出了推舉冢宰的必要性。雖然月溪之前從未提及此事，但小庸和其他百官欣然贊同。因為在此之前，月溪等於是實質冢宰。無王王朝的冢宰——這才是最恰當的說法。諸官都認為月溪打算成為名副其實的冢宰，沒想到月溪卻推舉了小庸。

「惠侯命令我擔任冢宰一職。為什麼不是惠侯，而是由敝下來當冢宰？百官絕對不會同意。我們雖然驚訝，仍然欣然聽從了惠侯的命令。因為我們誤以為惠侯終於決定登上御座。」

在此之前，小庸等百官再三要求月溪成為代王，登上御座。芳國的鄰國——恭國的國主供王也如此建議，但月溪總是置之不理。百官認為月溪這次終於改變了心意——

「我們一致認為，如果要由冢宰治理國家，惠侯是冢宰的不二人選，但既然惠侯推舉我擔任冢宰，就代表惠侯將擔任冢宰之上的大位。惠侯也沒有否認，但是今天突然說，他將離開宮城回惠州！」

月溪很清楚，小庸和其他人誤會了他的提議，但他始終沒有澄清。現在回想起來才知道，月溪心裡很清楚，如果不是因為這樣的誤會，官吏絕對不可能同意小庸擔任冢宰一職，正因為如此，他才沒有澄清誤會——不，也許他一開始就故意讓官吏誤會。

「事到如今，他竟然說，自己是州侯，並非國官。州侯的職責是治州，而非治國，為了平息之前的混亂，不得不越權，如今已經平息了混亂，身為州侯的他不宜越權治理家！」

失意的眼淚落在緊緊握住的拳頭手背上，小庸清楚知道，自己絕對無法取代月溪。月溪弒君，阻止仲韃繼續虐殺百姓，深得官吏和百姓的信賴。事到如今，如果月溪退回州侯的地位，由小庸擔任冢宰，小庸也無法領導官吏和百姓。更何況失去了王之後，國家將在未來慢慢走向荒廢。

小庸並不否認，期待月溪會向自己伸出援手是對月溪的依賴。小庸等人在討伐仲韃的那一年，仲韃因為峰麟失道而深感焦慮，光是那一年就在刑場上虐殺了三十萬百姓。即使如此，小庸和其他官吏仍然無法抗爭起義。即使憂國憂民，仍然不敢登高一呼，號召討伐仲韃。只有月溪一個人說出口，並付諸了行動。信任月溪，對他充滿期待到底有什麼錯？官吏都相信月溪會像大逆時一樣帶領自己，百姓認為無論國家怎麼荒廢，月溪都會拯救百姓。然而，月溪背叛了這些信任和期待，決定遠離王宮。

小庸無法理解自己為什麼如此痛苦、如此懊惱。回想起來，在動亂之後，月溪回到惠州城時，他的意圖就已經非常明確。即使應眾人懇求回到了宮城，月溪仍然無意在國府擔任任何職位，他再三言明，自己只是提供助言。月溪並沒有辭去惠州侯一職，也從來沒有提出要請他人接替自己惠州侯的職位。月溪自始至終貫徹了身為惠州侯的立場。雖然他如此明確表達自己的立場，但小庸和其他官吏並未注意。小庸和其他人沒有瞭解月溪的意圖，才會對他抱有期待，所以是自己的錯。雖然理解這些道理，只不過——

小庸內心覺得遭到了背叛，被月溪拋棄了。雖然知道自己內心的怨恨和憤怒毫無道理，但應該並非只有他有這種想法。事實上，當月溪在今天的朝議上說明這些時，整個議場都凍結了。剛才下官出現，月溪跟著他離開外殿後，議場內充滿嘆息聲和罵聲，一片譁然。

月溪回到外殿了嗎？留在外殿的官吏一定會想方設法挽留月溪，月溪會被他們打動嗎？

小庸暗想著，猛然抬起了頭，一臉驚慌失措，發現慶國的將軍正靜靜地看著庭院。

「……很抱歉，請恕敝人無禮。」

小庸慌忙說道，青辛回頭笑著問：

「為了什麼事？」

「呃……」小庸吞吐起來，將軍點了點頭說：

「在下似乎在貴國忙亂之際前來叨擾，很抱歉，驚動各位了。」

「千萬別這麼說，我們招待不周——」

「看來這封信還是應該交給您，主上以為惠侯在治理芳國，所以您看此信時，可能對某些部分感到不悅，敬請見諒。」

小庸看到青辛遞上的書信，忍不住慌張起來。

「但是——」

「若您收下這封信之後，再轉交給惠侯也悉聽尊便。主上應該也會認為無妨。」

小庸猶豫之後，收下了將軍遞過來的書信。

「敝人確實收到了。」

小庸將書信舉過頭頂說道。

「在下另有一事相求。這裡還有另一封信，或許您看了也會感到不悅，是否可以請您一起收下？」

「恕敝人冒昧相問，這是？」

「慶國的下官要求務必轉交給惠侯，但還是由冢宰您收下比較妥當。恕在下僭越相告，主上的親筆信內容應該也是希望務必收下下官的書信，並加以閱讀吧。」

小庸滿臉驚愕。因為芳國的國官沒有理由收下景王的書信，更不可能收下慶國下官的書信。

「青將軍，敝人——」

小庸欲言又止，青辛笑著制止了他。

「那名下官名叫孫昭。」

小庸一時不知道那個名字所代表的意義，正想問：「那個人是誰？」隨即想起那正是之前被逐出王宮的先王峰王的獨生女，公主祥瓊的名字。小庸驚訝不已，忍不住站了起來。

「——祥瓊公主在慶國？」

「是。」將軍的笑容顯示他瞭解所有的情況，「所有書信都交給您了。在下深知失禮，但能夠順利完成使命，甚感欣慰。」

青辛起身深深鞠了一躬，小庸雙手緊緊握著兩封信。

「將軍急著趕回慶國嗎？」

「在下只是奉命非正式拜訪鷹隼宮，將主上的親筆信送達，目前使命已達。但主上有令，要求同行的下官趁此機會參觀貴國，因此會暫時住在城下。」

「如果您不趕時間，請稍候。請務必——務必再和惠侯見一面。」

「但是……」

「最關心祥瓊公主的人非惠侯莫屬，敝人去把他帶來，敬請稍候。」

小庸得到將軍首肯之後，慌忙找來下官。

朝議已經散會，月溪正準備回官邸，遇見了正在找他的下官。下官說，小庸請他務必去一趟。雖然月溪覺得事到如今，根本沒必要見他國的使者，但對於慶國派來的使者不能失禮，而且剛才見面時，自己的態度似乎有點失禮，所以只好再度折返。

走進殿堂，發現使者和小庸在庭院內。小庸一看到月溪，立刻站了起來，提到一個出乎月溪意料的名字。

「惠侯，祥瓊公主——」

聽到這個意想不到的名字，月溪大驚失色。

「祥瓊公主在慶國。」

月溪不由自主地加快了腳步，他快步走到小庸身旁，想要問到底是怎麼回事，但隨即改變了主意。他再度向使者鞠了一躬。

「剛才恕我失禮。」

「不敢當，在下才要道歉，因為不瞭解狀況，提出了無禮要求。」

「不。」月溪回答，然後接著問：「祥瓊公主目前在慶國嗎？」

月溪看著在場的另外兩個人，小庸遞上了書信。

「這是祥瓊公主的信。」

「不。」月溪搖了搖手，表達自己無意收下這封信。既然已經推舉了小庸當家宰，月溪無法收下此信。他轉身面對慶國將軍。

「當初將公主託付給恭國，聽說她逃離了恭國。」

「是，目前在慶國擔任女史。」

「女史。」月溪小聲說道。女史是在王宮內，協助王處理公務最低階的文官。

「正確地說，」青辛的聲音很平靜，「雖然主上欽點她為女史，但她至今仍然不是慶國的國民。如果祥瓊的戶籍還在芳國，請允許她撤銷戶籍，所以今日特地前來。」

祥瓊。聽到青辛親切地叫著這個名字，月溪忍不住看著她。

「青將軍也認識祥瓊公主嗎？」

「是啊，」青辛露出微笑，「說來慚愧，慶國新王登基時日尚短，內亂不斷。在內亂之際，祥瓊曾經幫了大忙。」

「祥瓊公主幫了將軍的忙嗎？」

「對。主上也認同她的功績，欽點她成為女史。她已在慶國加入了仙籍，但一方面顧及和貴國及恭國的關係，再加上戶籍所在不明，所以至今仍無法正式登記為官吏。」

月溪嘆了一口氣。祥瓊公主是仲韃的掌上明珠，她在王宮深處受到保護，享盡榮華富貴，聽不到仲韃虐殺的百姓發出的悲鳴。討伐仲韃後，剝奪了她的仙籍，將她送至惠州的寒村，卻在那裡暴露了真實身分。百姓對仲韃怨恨之極，一旦知道她是公主，不可能不採取報復行為。月溪在無奈之下，只能將她帶回，送去恭國，但聽說她不滿在恭國所受到的待遇，逃離了恭國。
「聽說她逃離恭國時，竟然偷走了供王的物品，不知將軍是否知道真相？」
「似乎確有其事。所以，如果無法獲得供王的原諒，祥瓊就無法正式錄用為官吏。」
「景王知道這些，還願意接受她入朝廷嗎？」
月溪得知祥瓊逃離恭國的消息時，忍不住感到極度失望。他以為祥瓊始終不願意認清自己所處的立場，也無法理解自己身負的責任。沒想到她竟然協助平息內亂，並因為當時的功績被景王延攬入宮。月溪無法想像和自己所瞭解的祥瓊是同一人。
將軍似乎看透了月溪內心的困惑，笑著說：
「人是可以改變的——這是一件值得慶幸的事。」
「是喔。」月溪回答說。一旁的小庸仍然把書信遞到他面前，月溪想要收下——但又臨時改變了主意。
「如果這是寫給芳國國主的信，不能由我收下。」
「但是……」小庸的話還沒說完，青辛就制止了他。
「冢宰，請您收下。在判斷理當如此後，在下才將信交給了冢宰。」
「是。」小庸懊惱地點了點頭，才終於放下手。月溪見狀，回頭看著將軍。

「將軍會在此停留數日嗎？」

「在下會在蒲蘇，雖然在下的任務已經完成，但同行的下官還有其他任務。」

「那就安排掌客的——」

月溪準備請小庸在王宮內準備客房，青辛制止了他。

「不，主上吩咐，芳國正值動蕩之秋，我們絲毫不得增加貴國國庫的負擔。」

「是嗎？」月溪嘀咕道。雖然是非正式的訪問，但讓一國的使者住在王都的旅店似乎太無禮了。然而，峰王駕崩之後，偌大的王宮幾乎都關閉了，在消除內亂的痕跡，整頓之後，完全沒有使用任何和政務無關的建築物。按照禮儀，應該安排一國之王派來的使者住在款待賓客的掌客殿，但因為掌客殿長期關閉，即使緊急派人整理，一時也來不及。

「那——如果不嫌失禮的話，是否願意以我私人賓客的身分前往寒舍？將軍原本就是來找我的，雖然我無法收下景王託付的親筆信，但也不願將軍就這樣離開……雖然寒舍也無法提供像樣的款待。」

「但是……」

「請務必大駕光臨。」月溪再度說道，將軍輕輕笑了笑說：

「那就恭敬不如從命，恕在下去府上叨擾。隨行者另有任務，請允許他們住在蒲蘇。」

*

月溪為了方便前來鷹隼宮時居住，借了燕朝的一角做為官邸。離雲海不遠處的官邸雖然很小，但因為和他同行的下官人數也很少，所以並不大的空間也顯得很空蕩。

「很抱歉，寒舍很簡陋。」

暮色中，月溪帶青辛前往官邸時說道，但這句話並非謙遜。從大門走到花廳時，沿途只有原本配置的家具，沒有任何字畫。因為剛才已經派人通報有客人上門，所以花廳內插上了花，點亮了燈火，也準備了酒杯和茶具，但仍然可以感受到室內的單調無趣。

「聽冢宰說，惠侯打算離開這裡，您已經在著手收拾了嗎？」

月溪請青辛坐在面向園林的露臺後，點頭回答說：「是啊，原本就是暫住在這裡，所以並沒有帶太多私人物品來這裡。」

「聽說您在這裡和惠州之間往返，那一定很辛苦。」

「不會，」月溪苦笑著，為青辛倒了茶。露臺上吹來帶著潮水味道的晚風，圓月掠過花廳的屋頂，爬上淡藍色的天空。

「只要用騎獸從雲海上方一路飛過來，距離並不算太遠。只是辛苦了留守的州宰和州六官。」

「……你還是沒有統率這個國家的打算嗎？」

月溪停下了正在倒茶的手。

「當然。踐踏天命的人，怎麼可以坐上天命所賜的御座？」

「如果您要這麼說，目前治理芳國的各位不也一樣嗎？既然您拒絕王位，離開朝廷，冢宰和其他官吏也必須離開朝廷，但這麼一來，國政就會癱瘓。」

月溪聞言，露出了苦笑。

「將軍也希望我篡位嗎？」

「如果要說篡位，或許可以這麼說……恕在下多管閒事，冢宰似乎很苦惱。冢宰說，自己沒有能力帶領這個國家，在下也同意他的想法。如果惠侯以犯罪為由離開朝廷，其他官吏不就變成不知反省的不逞之徒了嗎？姑且不論犯下同罪的官吏，百姓恐怕難以接受吧？」

「嗯，」月溪苦笑著遞上茶杯，「雖然我從來沒有這麼想過，但也許你說的有道理。只不過不能讓官吏大舉離朝，正因為如此，該由我這個罪魁禍首承擔所有的罪過。罪魁禍首不就是這樣嗎？」

「話雖如此……」青辛嘀咕著，微微偏著頭繼續說道：「惠侯言之有理，只是在下無法苟同，尤其無法認同將大逆視為罪行的看法。」

「大逆無罪？將軍在景王面前也能說這句話嗎？」

「當然不可能，」青辛搖著手，「雖然無法說大逆無罪，但先王峰王……」

月溪點了點頭。

「主上的確因為許多百姓違法而大開殺戒。無論是多麼微不足道的罪，都用殘虐的刑罰加以處罰，最終賜死，完全沒有酌情考量的空間，也從來沒有酌情減刑的例子……但並不能因為主上有罪，就可以殺了他。」

「是嗎？」

「主上對理想很執著，即使賭上自己的性命，也努力忠於正義，所以也以相同的標準要求百姓，似乎想要讓百姓知道，只要犯了罪，無論罪行多麼微不足道，就要做好付出生命代價的準備……」

月溪說完，難過地笑了笑。

「在主上登基之前，我就是一名小官。在王位無王時代，腐敗的朝廷中，只有他清廉得讓人不敢正視。即使用劍抵著他，要他加入犯罪，他也寧願選擇死。」

「真是……太了不起了。」

「能夠得到他的信賴，就等於沒有任何犯罪行為。對有志之士來說，能夠得到他的信賴，無疑是最高的榮譽——」

仲韃登基時，尊崇他的人無不拍手叫好。仲韃試圖用正義建立一個循規蹈矩的國家，以符合天道的律法約束這個國家，想要打造一個符合天道的國家。

「他想要打造一個純淨無瑕的國家，容不下半點髒汙——更可悲的是，主上念茲在茲的正義只是形式而已。」

「……只是形式而已嗎？」

「雖然主上是這麼廉潔守法的人，仍然有心術不正的官吏。但對主上來說，只要別人在他面前所說的話、展現的態度符合正義，他就認為那個人是清白的。因為他自己是表裡如一、清清白白的人，所以就天真地認為只要表面清白，內心也必定坦蕩。」

最典型的例子就是仲韃的妻子——王后佳花。她在仲韃面前表現得美麗聖潔，卻是滿肚子壞水。

「主上努力將芳國打造成一個循規蹈矩的國家，卻始終無法徹底消除犯罪，為此感到焦躁不已，於是制定了過度嚴苛的法律，處罰也更加嚴厲。尤其當台輔身體漸漸虛弱後，他更加積極想要重整國家。」

「想要靠法令和處罰重整國家嗎？」

「對，」月溪點了點頭苦笑道：「即使如此，主上直到最後一刻，都並不在意因為失道失去了地位、失去了生命這件事，從這點來看，他是毫無私心地忠於自己深信的正義。」

但是——死亡席捲整個國家。仲韃不願意只求自保，做好了為正義殉難的心理準備，反而讓事態更加惡化，也因此展開了可怕的屠殺。

「事態繼續發展下去，芳國的百姓可能都會被殺絕。這並非誇張，如果事態持續惡化，所有百姓都將性命難保，必須有人出面制止——」

所以，月溪並不是想要坐上王位，也從來不想取代仲韃。他之所以會採取行動，是因為那是能夠阻止仲韃唯一的方法。

「……我用——最壞的方法——制止了主上，我的任務就完成了。照理說，必須因為大逆之罪遭到審判——或是放棄仙籍，但正如您剛才所說，如果我這麼做，參與行動的所有人都必須跟進。正因為如此，所以我至少要離開州城，難道這麼做很奇怪嗎？」

月溪說完時，慶國將軍目不轉睛地打量著他。

「怎麼了？」

「不，在下從冢宰口中也聽說了峰王的事，但和您口中的峰王有點不太一樣。」

「不一樣？」

「對。從冢宰口中聽說時，只覺得是一個殘酷暴戾的王，但聽完您這番話，覺得好像並非只是如此而已。」

青辛說完，似乎恍然大悟地點著頭。

「——在下知道了，您並沒有指責峰王是壞蛋，正因為如此，所以才會產生罪惡感嗎？」

「那……當然。」

月溪在回答的同時，不禁對將軍的話感到意外。雖然他自認為犯了罪，但總覺得似乎不適合用「罪惡感」這幾個字來形容。然而，如果否認，似乎在說謊。他不知道該如何接話，青辛深有感慨地說：

「原來大逆的行為如此沉重……」

說完，他輕輕笑了笑。

「在下頭腦簡單，只要說是為了百姓著想，就覺得是正確的行為。如果有王欺壓百姓，就應該加以討伐。因為王是為了幫助百姓而存在，就好像士兵是為了打仗而存在一樣。失去戰鬥能力的士兵必須離開軍隊，如果當事人不願意主動離開，就只能開除——事情就這麼簡單，所以覺得王也一樣。當然，王無法主動辭職。」

「我太膽小。」

「在下不是這個意思——在下原本是慶國麥州出身，不瞞您說，其實在下是半獸。」

聽到他突如其來的訴說，月溪忍不住眨了眨眼睛。

「將軍，你？」

「是。在慶國的先王時代，半獸無法成為官吏，當然更不可能當將軍。雖然可以進入軍隊當士兵，卻無法升官，但在下還是被任命為麥州師的將軍。」

「雖然規定無法升官嗎？」

「麥侯說，不必拘泥這種事。先王對政治沒有興趣，國府的官吏忙於中飽私囊，根本無暇顧及各州的事，所以麥侯說，根本不必理會。」

青辛說完，笑了起來。

「麥侯說，只要在戶籍上動一點手腳，把記載半獸的地方撕了，反正不會有人去調查。一旦被國府盯上，就說是認錯人了，一問三不知，如果還搞不定，只要塞點小錢就解決了。」

「但是，這……」

「沒錯，堂而皇之地無視法令，而且是知法犯法，所以很惡質。當時我覺得也未免太膽大妄為了，但是，就連麥侯也不願意討伐先王，他說，只有這件事他做不到。」

青辛的表情嚴肅起來。

「……在下猜想麥侯也曾經舉棋不定，尤其在先王決定把所有的女人驅逐出境的時候，但即使先王下了令，那些女人仍然想方設法留在國內，直到這些女人因為被發現而遭到處決時，麥侯真的猶豫不決起來——麥州面向青海，女人們聚集在港口準備去其他國家。當然沒有任何人真的願意離開，只是因為如果留下，就會遭到殺害，只能無可奈何地離鄉背井。麥侯對這些女人深表同情，用船無法出航，或是船隻數量不足等適當的理由，表示這些女人雖然想要出國，只是在等待搭船離開。他用這種方式保護那些女人留在港都，所幸這種方法奏了效，如果這一招也失敗，麥侯恐怕也不得不痛下決心。」

青辛說完，似乎對自己所說的話產生了疑問，微微偏著頭說：

「不……他曾經說，一旦發生這種情況，他就要重新考慮，但從來沒有說過必定會採取討伐行動。沒錯，現在回想起來，如果那些保護的女人遭到殺害，麥侯也未必會做出決定。聽了您剛才說的話，我覺得他應該不會踏出這一步。」

「是嗎……」

「當時在下也曾經想過，難道弒君這麼沉重嗎？麥侯想要拯救百姓，但無意坐上王位成為一國之王。在下記得很清楚，當時還在納悶，難道因為沒有當王的意願，所以無法痛下決心嗎？」

青辛說完，對月溪笑了笑。

「然而，您做出了決斷。」

月溪無言以對。

「只要麥侯下令討伐，在下會毫不猶豫地討伐先王——沒錯，即使如此，在麥侯下令之下，在下沒有想過要自己去討伐先王。雖然覺得百姓很可憐，必須討伐這種王，只要麥侯下令，在下會毫不猶豫地服從，在討伐之後，應該也不會有罪惡感，更不會自責。不光是因為下令的麥侯背負了罪責的關係，而是因為在下不像麥侯和您那麼聰明，無法體會這種罪孽有多麼深重，八成是這樣。」

「不是這樣……」

青辛搖了搖頭。

「就是這樣。而且，在下認為這樣的罪孽更加深重。雖然平時經常會推說什麼

『我不是故意的』、『我沒想到事情會這麼嚴重』，但其實不瞭解罪孽有多深重本身就是一種罪。在不瞭解罪行有多嚴重的情況下犯罪，也許是雙重的罪惡。充分瞭解犯罪行為有多麼嚴重，但仍然決定要犯罪，不是需要更大的決心嗎？」

青辛說完，用充滿率直善意的眼神看著月溪。

「這就代表能夠充分為百姓著想，不是嗎？既然這樣，這種人就應該坐上王位。」

月溪忍不住情緒激動地站了起來。

「不……不是這樣的。」

「不是這樣？」

「這件事並沒有你說得那麼值得稱讚。我討伐了承受了天命的王，雖然當時台輔已經生病了，雖然從主上的行為來看，重新找回天命恐怕無望，但並非沒有任何可能性，只是我沒有等待結果，就認定主上是禍害而殺了他。」

青辛苦惱地抬眼看著月溪。

「這只是大逆之舉，完全不值得稱讚。諸官和將軍——甚至連供王都希望我坐上王位，然而，我一旦坐上那個位子，就真的是篡位了。我並不是因為想要王位而決定討伐，而是因為無計可施——」

月溪沒有繼續說下去。他也覺得自己在激動的情緒下所說的話，似乎有哪裡不太對勁。

青辛面不改色地偏著頭問：

「惠侯，您所做的事，只是大逆而已嗎？還是在無計可施之際，不得不用這種方法？」

「是啊。」月溪坐了下來，捂著臉說：「對不起……我失態了。」

「不會。」青辛溫柔地說道，停頓了片刻，小聲地嘀咕說：「我懂了。」

月溪抬起頭，青幸露出不捨的眼神看著月溪說：

「惠侯，你一定很敬愛峰王。」

如今回想起來——月溪回顧著四年前的往事。他當時不願意看到仲韃繼續墮落，他很想對著仲韃大聲吶喊，為什麼要做這種令人髮指的事？為什麼要做這種事，把自己推下引以為傲的王位？

仲韃欺壓百姓是無可爭辯的事實，法令過於嚴苛，處罰也太殘虐，繼續發展下去，遲早會失去天命——月溪不得不為此擔憂。事實上，台輔也的確生了病。雖然希望仲韃能夠改邪歸正，但仲韃變本加厲，制定了更加嚴苛的法令。

「這種情況發展下去，芳國的百姓遲早會被殺光……」

露臺外不大的園林後方，雲海反射著月光。雲海的下方——在遙遠的下界是芳國的國土，以前那裡曾經屍橫遍野，屍臭取代了花香，輓歌取代了風聲。

主上太沒有慈悲心了。月溪的確曾經為此感到憤慨，眼看著百姓的屍首堆積如山，更感到怒不可遏，對仲韃的行為感到憎惡——沒錯，月溪無法憎恨仲韃這個人，因為在月溪眼中，仲韃仍然是一個清廉的官吏，在極度腐敗的王朝中，他依然是清廉孤高的存在。

「……我應該很希望主上恢復以前的樣子，這是我的期待，但主上不斷背叛我的期待。有時候真希望他因為掌握了權力而驕慢，越來越腐敗。如此一來，我就不會對主上抱有任何期待，但是，他仍然像以前一樣無私無慾……」

「所以，對您來說，大逆是無可奈何之下的滔天大罪。」

青辛說道，月溪點了點頭。

「為了百姓討伐只是我的藉口，不得不痛恨一個我不想憎恨對象的痛苦，讓我下定了決心，那不是義憤，而是私怨。所以，那只是單純的犯罪，不值得用任何美名加以美化……」

「但是，難道不是因為您憐憫百姓，才會這麼痛恨峰王嗎？因為憐憫百姓，所以不得不憎恨峰王——是不是這樣呢？」

月溪搖了搖頭。

「應該不是……不，我並不是完全沒有想到百姓，看到那些犯下幾乎稱不上是罪的百姓被帶去刑場的確很痛苦，但是，我更加無法忍受那些被帶去刑場的百姓，和他們的親人怨恨主上。他們的怨恨理所當然，卻讓我痛苦得無法忍受……」

「峰王被百姓怨恨令您感到痛苦嗎？」

「對──所以，我並不如百姓和官吏以為的那樣，完全是為了百姓的利益。」

「但這不是和為了百姓的利益是相同的意思嗎？」

青辛的話令月溪感到驚訝。

「因為您不是希望峰王善待百姓嗎？您希望峰王帶著慈悲賢明治世，百姓過著幸福的生活，豐衣足食的百姓愛戴峰王，不是嗎？」

「沒錯，是這樣。」

「您不是希望和百姓一起稱讚峰王嗎？這代表您和百姓站在一起，把百姓的安寧視為自己的安寧，把百姓的幸福視為自身的幸福。對您來說，能夠為百姓著想的王才是好王，您希望峰王成為這樣的王，不是嗎？」

青辛說完，對著無言以對的月溪露出笑容。

「所以在下說，這和為了百姓的利益是相同的意思。」

月溪一時說不出話，然後低下了頭。

「但是，一旦我坐上王位，就等於從主上手上竊取了王位。」

當初無法勸諫仲韃，眼看著主上偏離正道，而且無法改邪歸正，最後基於這種私怨決定討伐。怎麼可以繼續盜竊主上的東西——主上唯一而且是最重要的東西？

「這就是如假包換的篡位，完全無法辯解……」

「辯解？向誰辯解？」

被青辛這麼一問，月溪語塞。

「在下認為惠侯搞錯了辯解的對象。」

青辛說完這句話，慌張地縮起身體。

「恕在下失禮，老是說一些不知分寸的話。」

「不，」月溪搖了搖頭，輕輕摸著額頭，「將軍，您說的完全正確。沒錯——我的確想要向主上辯解，想要向他道歉，絕對不是基於惡意討伐他，既沒有憎恨他，也沒有輕視他，更不是想要篡位，但是，我的確搞錯了對象……」

如果想要辯解，也許該向上天、向百姓辯解，為踐踏了天意，為自己的罪行奪走了上天對芳國的恩寵道歉——雖然他知道這些道理。

「無論我怎麼道歉，再怎麼辯解，主上都不可能原諒我。雖然我知道這一點，但我至少想要向自己澄清。沒錯——也許我只是想要向自己辯解。如果在討伐之後，還要篡位，就根本無法向自己辯解。祥瓊公主也絕對不會原諒我。」

公主一定會嘲笑自己。祥瓊以前曾經罵月溪是篡位者，認定他是嫉妒峰王，想要竊取峰王的王位。她一定會說，我早就知道，我早就知道是這麼一回事。

青辛納悶地偏著頭。

「祥瓊無法原諒您？為什麼？」

「那不是理所當然嗎？」

「無論祥瓊是否原諒您，在下都不認為有任何意義。如果您很在意這件事，請您回想一下，在下第一次見到您時的情況。祥瓊認定您是芳國的國主，雖然她在芳國時，您尚未成為代王，但她認為您現在應該已經坐上了王位。正因為如此，主上才會親筆寫信給您。因為祥瓊說，正因為有惠侯，芳國不可能荒廢殆盡，應該有空接待在下，所以才會派在下前來。」

月溪驚訝地凝視著青辛。

「正因為如此，主上才要求我們來芳國好好看一看，好好學一學惠侯為了維持芳國到底做了什麼。」

月溪說不出話，青辛微笑著說：

「在下充分瞭解您因為討伐了自己崇敬的峰王而對自己感到厭惡，犯罪就是犯罪，但是，遠離罪行固然是一種方法，痛改前非也不失為另一種方法。」

青辛說完，仰頭看著園林上方朦朧的月亮。

「即使太陽下山，黑暗擋住了去路，當月亮升起後，又可以再度照亮前方。」

帶著月暈的月光很朦朧，帶著一抹冷漠和陰鬱，根本無法和正午的陽光相比。但是——只要有這點亮光，就可以照亮夜晚趕路的人。

「對了，」月溪視野角落裡的青辛叫了一聲，「您覺得月陰之朝這個名字如何？」

月溪不解地眨了眨眼睛，青辛笑了起來。

「只有代朝和偽朝這兩種叫法很不方便，如果王在御座上的朝廷稱為日陽之朝，沒有王的朝廷不就是月陰之朝嗎？乘著月光等待拂曉——」

「原來如此。」月溪淡淡地笑了起來。

＊

霧靄在溪谷靜靜地流動，大大小小的山峰從雲霧中探出頭，若隱若現的溪水順流而下，流到小涼亭旁，形成了一個水潭。

月溪獨自坐在書房的書桌前，出神地看著盒內的景觀。

那是一方雙手可以捧起的硯台，硯石產自舜國知名的彰明，帶著一抹翠綠的硯石上有許多令人聯想到霧靄的斑紋。沿著硯緣雕刻著隱入雲煙中的溪谷、佇立的涼亭，以及涼亭旁的水潭——月亮沉入墨池底，磨墨的墨條上也有斑紋形成的霧靄。背面——硯背上雕刻著歌功頌德的詩句，但硯台已經裂成了兩半。

月溪注視著硯台上的裂痕，硯台破裂時發出的優美得近乎悽切的音色，仍然縈繞在耳邊。

這個硯台是峰王仲韃賜給他的。峰王任命月溪為惠州侯時，賜予他這個硯台。十幾年後，月溪在惠州打破了這個硯台。破碎的硯台已經毫無用處，即使保留了這些碎片，往日的外觀也已不復見，等於已經失去，再也無法恢復原狀。雖然明知道一旦打破就無法恢復原狀，但得知一百多名罪犯在宮城門前被處刑時，他還是忍不住摔破了它。大部分罪人都是因為逃避勞役或是離開農地等怠惰的罪行遭到審判，完全不考量生病或是親人遭逢不幸等個別情況。仲韃認為憎恨罪惡才能遠離罪惡，所以要求王都的人都聚集在城門前，強迫他們向罪犯丟石頭，必須不斷地丟石頭，直到所有的罪犯都斷氣為止。然後砍下罪犯的頭顱示眾。

月溪得知這個消息後，氣得摔破了硯台。聽到硯台尖銳清澈的聲音，他決定踏上不歸路。

他對舉兵討伐這件事沒有任何後悔，卻對於不得不做這件事感到懊惱。

在王朝傾崩之前，為什麼無法制止仲韃？仲韃重用自己，把惠州交給自己，自己卻恩將仇報，用大逆之舉對待有恩於自己的王，他痛恨這樣的自己。仲韃是芳國的王，芳國的王位歸仲韃所有。自己無法阻止仲韃失道已是不忠，還以大義之名弒君，沒有資格掠奪屬於仲韃的東西——他始終這麼認為。

碎裂的硯台象徵了一件事——弒君是滔天大罪。硯台無法恢復原狀，踐踏天意的月溪所犯下的罪也無法消失。即使辯解說是為了百姓，為了國家，硯台上無情的裂痕清楚地證明，那只是破壞，只是醜惡的罪惡。

月溪出神地看著硯台上的裂痕，聽到了輕微的腳步聲。小庸站在書房門口。

「……聽說您找我？我從府第回來後，聽說您派人去官邸找我？」

小庸一邊說著，一邊走進了書房。燈火照亮的書房內沒有任何月溪的私人物品，全都收拾完畢，堆放在書房的角落。小庸看到月溪準備離開官邸的決心，心情格外憂鬱。

書房的主人轉頭看著他，露出靜靜的笑容。

「所以你特地來這裡嗎？真抱歉。」

「不，」小庸嘀咕著，目光停在月溪的手上，「這是？」

「主上賜給我的。」

「喔，」小庸應道：「我被任命為天官長時，主上也賜我硯台。」

「那個硯台呢？」

聽到月溪的問話，小庸心情複雜地笑了笑。

「還在，好幾次想要丟掉，但最終還是下不了手。」

「我也一樣。」月溪回答後，蓋起放硯台的盒蓋，小心翼翼地放在書桌上。

「主上賜臣子物品時，必定是文房四寶的其中一項。」

「是啊……」

回首往事，覺得格外懷念。看到小庸突然安靜下來，月溪把酒杯拿了過來。

「小庸，要不要陪我喝一杯？」

「您是不是找我有什麼事？」

「就是這件事。」月溪說完，把酒杯遞給小庸。

「那我就不客氣了——青將軍呢？」

「他去休息了。我們聊了一陣子後，他說有點累了，要去休息，沒有吃晚餐就回臥室了……看來似乎讓他太擔心了。」

小庸微微偏著頭，不太瞭解青辛早睡和「擔心」有什麼關係。月溪不知道有沒有察覺小庸感到訝異，氣定神閒地注視著手上的酒杯。

「主上不嗜酒，也不蒐集昂貴的物品。在賞賜我們這些臣子時，從來不會賞賜金銀寶玉。」

「……是啊，雖然彰明產的硯台的價格絕對不比玉便宜。」

小庸回答後，淡淡地笑了笑。

「我想起來了，禁軍的將軍收到硯台後感到錯愕不已，尤其將軍並不知道彰明產的硯台有多少價值。即使知道，搞不好對賜給武官昂貴的硯台這件事更加錯愕。」

「是啊。」月溪笑著說道，為小庸的酒杯裡倒了酒，「除了硯台和墨條以外，我還曾經收過昂貴的毛筆和紙。主上只有在文具和書籍方面特別講究，對衣著或是擺設毫無興趣……然而后妃就完全不一樣了。」

「是啊，」小庸點了點頭，仲韃討厭奢華，所以王后佳花假裝衣著樸素，只不過佳花穿戴的一切，都比普通的衣服首飾昂貴許多。

「主上應該並不知道后妃身上穿戴的衣服首飾有多麼昂貴，否則一定會最先斥責后妃。他只知道后妃的衣著看起來不華麗，就以為后妃很樸素。」

月溪點了點頭說：

「主上有時候太老實了……」

小庸訝異地看著月溪，月溪似乎在懷念仲韃——沒錯，他的神情中充滿憐惜。月溪似乎發現小庸感到訝異，抬起雙眼笑了笑。

「小庸，你至今仍然覺得主上只是一個令人痛恨的王嗎？」

小庸感慨萬千，突然想到以前——仲韃剛登基時的事。

「我至今仍然不痛恨主上……雖然對舉兵一事並無後悔，只是對只能這麼做感到懊惱。」

「……我也有同感，不瞞您說，我至今仍然感到懊惱不已。」

「你也會嗎？」

「雖然我努力不讓自己去想這些事，但回想起主上的音容，就會感到坐立難安。這種時候，都會回想起美好的時代……」

小庸既感到懷念，至今仍然很崇敬仲韃，正因為如此，即使好幾次都氣得想要丟掉仲韃賜予的硯台，但最終還是捨不得丟。

小庸據實以告，月溪自嘲地笑了笑。

「真是奇妙啊……我對后妃的恨意反而不如主上。我知道后妃用讒言捏造一些莫須有的罪行，但從來沒有覺得她不可原諒。論心狠手辣，后妃比主上心狠手辣好幾倍，但我反而對主上毫無憐憫之心更生氣。」

「是嗎？我曾經覺得她不可原諒，因為是她教唆主上犯罪，我對這件事感到很生氣。不瞞您說，您把公主送去惠州時，我也覺得您太寬容了。雖然同意您所說的，後宮深處和外界隔離，公主並沒有積極犯罪，但心情上還是很痛恨她。應該是在責怪她為什麼沒有制止主上——也許是遷怒於她。」

「……遷怒嗎？」

「我想應該是——是啊，我也沒有制止主上。我希望主上成為一名賢君，但主上整天做一些自掘墳墓的事。我想要制止他，卻無能為力。因為我擔心一旦勸諫主上，當時的處罰太重，論罪太嚴格，主上會以為我原諒所有的罪行，說我墮落，變得邪惡……」

「主上也曾經這麼說我……」

小庸點了點頭，痛苦湧上了心頭，難以想像前一刻還充滿懷念之情。

「主上說，就連你這個有良心的官吏都這麼想，百姓的墮落可想而知，結果更加嚴格立法。我發現越是提出諫言，只會讓事態更加惡化，所以我不敢繼續提出勸諫，所以只能祈禱別人能夠勸諫主上。」

「所以才會遷怒——期待后妃和公主能夠做這件事。」

「是啊。」小庸點了點頭。

「即使后妃和公主提出諫言，應該也無法改變任何情況，而且因為她們和主上的關係很親近，所以可能會導致更可怕的結果。八成是這樣，台輔向主上諫言後，法令更加嚴苛了，台輔的失道可說是最大的諫言，但就連台輔失道，主上也完全沒有停手。」

「是啊……」

「雖然明知道自己是在遷怒，但還是痛恨后妃和公主。沒錯——憎恨她們並不會感到痛苦，但憎恨主上卻讓我痛不欲生。因為太痛苦，所以更加憎恨她們，為什麼會讓我這麼痛苦。只要主上對百姓更加慈悲為懷，我就不必憎恨他了。結果更強烈的憎恨招致了更深的痛苦，這種痛苦再度轉化為憎恨……相較之下，對后妃和公主的憎恨其實根本微不足道。」

「你說得對……」

月溪的聲音很沉痛。聽到月溪的聲音，小庸終於瞭解月溪堅決拒絕國權原因了。

「……惠侯，您也很痛苦。」

月溪不得不討伐仲韃，而且還付諸了行動。正因為如此，他不願意再竊取仲韃的王位，繼續做出不忠的行為。

「惠侯，我現在終於瞭解您的想法了——但是，也請您體會我們的想法。對我們來說，任何人都無法阻止主上，而您是阻止主上唯一的人。您拯救了諸官和百姓，終結了無盡的痛苦。諸官聽說您要回去惠州，無不哀嘆悲鳴，都哭了起來——每個人都感到憤怒。」

月溪倒吸了一口氣，看著小庸。

「拜託您，不要讓我們再度承受痛苦。」

小庸說完站了起來，從懷裡拿出兩封書信。

「請您過目。」

「小庸……」

「我已經拜讀過了。青將軍說，在我收下之後，可以把信交給您，請您務必過目。我沒資格收下這兩封信，應該交到您的手上，請您務必收下。」

小庸把信放在書桌上，蓋上蓋子的硯台盒旁，靜靜地鞠了一躬後走出書房，留下一動也不動的月溪。

月溪看著小庸留下的兩封信，猶豫再三，終於打開了信。

景王在簡單問候之後，說明了祥瓊的現狀，同時希望能夠收下祥瓊的信，雖然知道月溪內心必定有很多想法，但如果能夠在看信之後捨棄遺恨，盡可能為祥瓊著想，將令她感到高興。慶國的局勢仍不穩定，沒有多餘的能力向芳國伸出援手，但衷心祈禱芳國國泰民安。

——即使有天命為後盾，一國的統治也困難重重，無法消除對掌理國土和戶籍的不安。要掌理無王的國土和戶籍更是難以想像，雖然晚輩如我無法提供任何助言，也無法提供有益的助力，但只要慶國有機會可盡綿薄之力，請吩咐使者。

「……這是在慰問我嗎？」

信中沒有責備，也沒有嘲諷，真誠的話語溫暖了月溪的心。書信的簽名處筆跡不同，內文應該是找人代筆吧。內文的文字優美而整齊，簽名卻有點不夠熟練，但象徵了新王的年輕，令月溪產生了好感。

月溪在內心稍微獲得撫慰後，又接著打開了祥瓊那封厚實的信。

信中率直地寫到了她內心的悔恨。

她對自己身為公主，卻沒有向父王諫言感到後悔莫已，這是因為自己的無知，不瞭解自己身為公主的職責，導致父王被討伐，是對父母的不孝，更讓百姓怨聲載道，造成了月溪和其他官吏不得不痛下決心，犯下大罪的痛苦。自己因此失去了公主的地位，但非但沒有感謝月溪救了本該和父母一起死於九泉之下的自己，不顧救命之恩，還滿心私怨，在被送往恭國後，做出短視輕率之舉，踐踏了月溪的恩情，如今發自內心地感到抱歉。

「原來她終於體會到了。」

慶國的將軍說得沒錯，人是可以改變的。

向他人諫言並非易事，尤其仲韃完全聽不進他人的諫言。仲韃非但不採納他人的意見，是否因為臣子用諫言表達了內心的不信任，反而讓他更加殘暴？月溪不認為那些諫言毫無意義，因為諫言中包含了對勸諫對象的期待和愛。

信中還提到逃離恭國時犯下的罪，以及在贖罪之前，自己不能玷汙景王的朝廷。自己首先要去找供王接受處罰，雖然有些話想要當面陳述，但不知道去了恭國後會有怎樣的下場，所以還是用書信表達。最後還提到，當這封信送到月溪手上時，她應該已經離開堯天了。

「去恭國……」

月溪驚訝地嘀咕道，忍不住又看了好幾次，然後起身走出書房，對著外面叫著：

「來人啊。」

祥瓊在王宮內偷了王的物品，並不只是普通的竊盜罪，甚至可以解釋為侵犯王的玉體。如果被認為是對王造反，可能被判處和大逆相當的罪行。最後如何判決，完全取決於王和秋官的心情。祥瓊在信中提到「所以還是用書信表達」，代表她瞭解此行的後果，但無論對以前犯下的罪多麼悔恨，即使想要改邪歸正，贏得景王的信任，如果終生被關進牢獄，一切就失去了意義。

「快來人。」

他再度叫道，下官從迴廊遠方跑了過來。月溪原本想要吩咐下官找官吏來，但忍不住陷入了猶豫。

——自己只是惠州侯，沒有權限向國官發號施令。

沒錯，自己一直在抗拒這件事。

月溪這時才發現自己一直以來抗拒的事有多麼重大。一旦失去了這個權力，就無法為任何人做任何事。無論多麼同情，都無法拯救。自己雖是州侯，但自己的權力只能在惠州內發揮作用，只能拯救惠州的百姓，而且不能違背國家的方針。惠州也必須貫徹實施仲韃實施的嚴苛法令，月溪無法廢止，也不允許無視這些法令的存在。雖然他盡可能不治罪，但仍然無法避免惠州百姓慘遭仲韃的屠殺，更何況他根本無法拯救惠州以外的任何一個百姓。

——搞錯了辯解的對象。

的確如此。自己完全搞錯了道歉和在意的對象。

下官似乎對月溪突然陷入沉默感到納悶，問他有何吩咐。
月溪看著下官微微點了點頭。
「把這個交給司會。我要寫信給供王，請他先擬草稿。」
「遵命。」下官口齒清晰地回答後，向他磕頭。
月溪看著下官離去的背影說：
「無論如何，希望能為祥瓊公主減刑。」
月溪穿越園林，來到了花廳。說是因為太累要早點休息的客人點了燈，正在伏案疾書。
「……您還沒有休息嗎？」
月溪站在迴廊上敲著窗戶，青辛放下筆，抬起了頭，不好意思地笑了笑。
「是啊……原本打算休息，但一下子睡不著。」
青辛說完，打開了門。月溪走進花廳，緩緩跪在使者面前。
「……惠侯？」
「我拜受了景王的親筆信。」
月溪說完後抬起頭，青辛心領神會地笑了笑，坐直了身體。

「衷心感謝您原諒在下不請自來，並欣然收下主上的親筆信。」
「我也收到了祥瓊公主寫的信，如果方便的話，我想回信給祥瓊。如果拜託青將軍帶回，會不會太失禮？」
「當然沒問題。」
「如果不會引起景王不悅，我也想寫信給景王——」
「主上一定會感到高興。」
月溪行了一禮後站了起來，再度看著青辛。
聽說慶國的新王是一個年輕女孩，雖然除此以外，並不瞭解進一步的情況，但從使者的品行，可以略窺慶國新王的品行，從青辛的言談之間，可以感受到他對新王的信賴。
「青將軍，您很出色，我相信景王也是一位出色的人。」
青辛粲然而笑。
「姑且不談在下，主上真的是非常出色的人。」
「是嗎？」月溪點了點頭。
「如果將軍還沒有這麼早休息，要不要一起喝酒？您沒有用晚餐，我想為您準備宵夜。」

青辛笑容滿面地說：

「在下欣然接受。」

月溪點了點頭，找來下官，吩咐他去備酒菜，然後回頭對青辛說：

「如果慶國的貴賓不在意使用帶有霉味的被褥，還是請各位搬來掌客殿。雖然這些宮殿因為關閉了四年，住起來應該不太舒服。」

「不，這就不必客氣了。」

「日後可能很少有機會迎接來自他國的貴賓，至少希望這次讓隨行的各位以國賓的身分住在掌客殿，讓冢宰以下六官也有機會見見他國的貴賓，官吏見到來自慶國的敕使，也會感到很振奮。」

芳國失去王之後，成為孤立的王朝。慶國承認這個朝廷，會讓官吏感到安心。

「但是……」

「而且，我也想搬家，搬到王宮的北側。」

聽到月溪這麼說，青辛笑著點了點頭。

「如果是這樣，在下欣然恭敬從命。」

＊

月溪寫給供王的親筆信，由使者騎著騎獸飛往恭國送信。三天後，使者返回芳國，垂頭喪氣地來到內殿。

——月溪請人打開了原本已經封閉的內殿，帶著少許私人物品搬進了內殿。為自己之前的無知向官吏道歉，並要求任命新的惠州侯。官吏都欣然贊同，後天他就將正式即位。

「——情況怎麼樣？」

月溪把寫到一半的書信推開站了起來，上前迎接使者。擔任使者的官吏聽了月溪的問話，深深地向他磕頭。

「這個……供王說，絕對不可能減刑。供王怒氣沖沖，當面對我說了這番話。」

「是這樣啊……」

「聽說景王也寫了親筆信，希望可以為公主減刑。」

供王似乎對月溪和景王干涉國事感到生氣。

「供王說，只有恭國的秋官和供王有權審判恭國的罪人，絕對不會因為他國的干涉而改變法律。」

「是喔。」月溪無奈地嘆了一口氣。他知道自己希望供王減刑的行為踰越了本分，也料想到供王會動怒，但仍然基於情理，想要為祥瓊做點什麼。如果可以——希望可以救她一命。

雖然只能用不忠回報仲韃，但也許是希望至少能夠讓他的女兒好過一點，做為對仲韃的報答，或是對犯有相同罪行的人產生的同情。雖然犯下的罪行無法消除，但也許原本以為當事人有自覺和悔意，或許可以得到原諒。

官吏似乎感受到月溪的失望，把頭垂得更低了。

「供王嚴厲斥責說，慶國和芳國都正值決定國家未來的關係時期，怎麼可以不顧法律，為一介女子，而且是確定有犯罪行為的人求情。」

「是嗎……真對不起。」

使者默默低頭，然後繼續說道：

「對公主的處罰是驅逐出境，以後不得再入恭國，一旦發現進入恭國，將不問原因，一律——」

月溪張大眼睛，然後催促著吞吞吐吐的使者繼續說下去。

「一律怎麼樣？」

「趕出去。」

月溪看著一臉困惑地閉上嘴的使者，露出了微笑。

「原來供王這麼說……」

「很抱歉，我辜負了所託。」

使者的頭垂得更低了，月溪安慰他說：

「並不是你想的那樣，供王的意思是不追究祥瓊公主的罪責了。」

「但是……」

「供王的言下之意，就是隨便祥瓊公主去哪裡。」

供王既然已經表明不允許外人干涉國政，當然也不可能接受道謝。供王也許是因為一國之王的矜持，所以表示並非因為接受景王和月溪的請託寬大處置，而堅稱這樣的處置是刑罰；之所以斥責月溪和景王的行為是干涉，或許是提出諫言，希望他們不要受到雜事干擾，專心處理國政——月溪認為應該是後者。供王沒有責備弒君的月溪，甚至激勵他不要害怕指責，勇於掌握國權，成為阻止國家荒廢的中流砥柱。

「那就透過私下的方式向供王道謝……」

月溪說完，再度犒慰了使者。使者離開後，他再度坐在書桌前，看著剛才寫到一半的書信，忍不住苦笑起來。

重新檢視剛才一口氣寫下的內容，發現只是滔滔不絕地在為自己做出大逆行為的心境辯解。月溪忍不住失笑，把信紙撕破後揉成一團。

「……事到如今，還打算向主上道歉嗎？」

之所以想要獲得祥瓊的諒解，是因為想要得到仲韃的諒解。就好像認為只要能夠回報祥瓊，就可以償還仲韃一樣，以為只要祥瓊能夠瞭解自己的心意，仲韃也能夠瞭解，然而，祥瓊並不希望看到月溪寫給她父親的話。如果要道歉，就不是向仲韃道歉，而是必須向祥瓊道歉。

月溪為自己嘆著氣，看向窗戶。內殿建在陡峭的山坡上，窗外可以看到鷹隼宮的官府和海浪不斷拍向鷹隼宮的雲海。下界布滿厚實的雲層，所以雲海看起來昏暗混濁。雖然已是春天，但下界今年特別多雨。

沒錯——芳國已經沒有餘力為已經離開這個國家的公主擔心，雖然希望舉國上下同心協力，阻止荒廢的發生，但荒廢正在慢慢吞噬失去了王的國土。

芳國日後將無可避免地走向荒廢，其實已經開始荒廢了。這個國家沒有特產，百姓靠林業和畜牧業維生，但今年的雨水特別多，日照時間不足，牧草無法發芽。如果牧草不足，家畜無法順利養得又肥又壯，百姓的生活很快就會陷入困境。夏季面臨乾旱，冬季將會大雪紛飛，上天絕對不會放過踐踏天命的王朝。

因為月溪弒君，奪走了這個國家的君王，導致芳國的百姓承受著苦難。月溪有義務把王還給百姓，把具有帶領這個國家的決心，和保護百姓意志的施政者還給百姓。

「我應該向祥瓊公主學習……」

既然祥瓊有勇氣背負自己的罪行去找供王，自己當然不應該膽小怕事，必須像祥瓊一樣，也背負著自己犯下的罪，帶領這個國家前進，交給新的峰王。

既然如此，月溪只需為一件事向祥瓊道歉。

「我竊取了妳父親的王位，敬請原諒……」

青辛明天將出發前往東方的國家，月溪會告訴他，祥瓊白跑了一趟。如果有機會見到祥瓊，希望他可以轉告這句話。這是月溪最後一次思考祥瓊的事，從此之後，他會忘記公主的事。

因為這片國土上，擠滿了比祥瓊更需要拯救的人。

書簡

那座王宮浮在雲海上，宛如從高聳的斷崖邊緣探頭看著下界。

——慶國的首都堯天山。金波宮位在山頂，在山頂之下的雲海下方，有一扇小窗戶。鑿壁而成的白色小窗戶打開，一隻鳥飛向西北方。

這隻羽毛如鳳凰般鮮豔的鳥一路飛往雲海下方的關弓，穿越慶國國土，飛越高岫山，飛了三天的時間，來到了雁國首都關弓山的山麓。

關弓山的山麓是一片廣大的市鎮，鳥穿越街道上空後，掠過巨大高山基底部，和比市區地勢稍高處的一片屋瓦，飄然降落在後方鑿穿山腰而成的一扇窗戶前。

窗內是削鑿岩壁形成房間，關弓山是王宮的一部分，也是國府的一部分，但這個房間並不寬敞，房間內的擺設也很簡樸。只有鑿開岩壁形成的牆壁和地板，還有一張做工很考究，但因為很陳舊，已經變成麥芽糖色的書桌和椅子，以及開鑿岩壁而成的書架和床榻，夕陽映照在遮住床榻的床帳上，讓褪色的錦緞看起來更陳舊了。

鳥用喙子敲了敲敞開的窗戶玻璃。坐在書桌前的人影聽到聲音後抬起了頭——不，他一身灰棕色的毛，尾巴從椅角垂了下來。那不是人，而是老鼠。他回頭看向窗戶，看到鳥的身影後，銀色的鬍鬚立刻抖了幾下。

「嗨——」

聽到他的招呼聲，鳥從敞開的窗戶飛到堆滿書籍的書桌上，然後停在桌緣。鳥微微偏著腦袋，他撫摸著鳥的腦袋，鳥立刻用清脆的女聲開口說話。

「好久不見，最近還好嗎？」

他笑著點了點頭，雖然聲音的主人無法看到。

——至於我。

鳥開始訴說起來。

我很好，正努力適應這裡的一切。

……對著鳥說話果然很像自言自語，好害羞喔。這裡的人難道不這麼認為嗎？先不管這些——呃，我終於熟悉了金波宮。至少不用問別人，也可以自己從正寢走到外殿了，也終於知道自己所在的位置了。樂俊，我聽從了你的建議，在王宮內探險後果然有效。雖然整整耗費了兩天，好像給為我帶路的景麒添了麻煩。

即使花了整整兩天的時間，也沒有走完所有的地方，王宮實在太大了。光是我睡覺、起居的正寢，就有三十二棟建築物，而且走過短橋——真的是浮在半空中的橋，後方是後宮，真是笑死我了。我沒有去後宮探險，只剩下後宮和東宮，還有府第。我只是去和我有關的地方走了一遍，就花了整整兩天的時間——這麼大的地方，我一個人要怎麼住？

如果讓房子空著很浪費，所以原本打算可以把房間出租，為國庫賺點錢，或是改成讓難民居住的設施，或是成立國立醫院，但和景麒商量後，他馬上否決了我的提議。他說不可以這麼做。我也曾經想過，乾脆把這些房子拆了，就不必花錢維修，他說這樣也不行。我覺得慶國還很貧窮，貧窮國家的王住的地方當然也不能太高級，但景麒說，國家要有威儀。我還在想，歷代的王留下很多衣服和裝飾品，如果把這些衣服和裝飾品全都變賣，應該可以為國庫賺一些錢。

我至今仍然搞不懂國家的威儀或是王的威信這種東西。

上次我向打掃房間的小奚道謝，被景麒罵了一頓。他說如果太隨便，會被下人輕視，有這回事嗎——對了，對了，他也禁止我用記事本。因為這裡所有的一切都是我第一次看到、第一次聽到，如果不寫下來，怎麼記得住？所以我隨身帶著記事本，把學到的事都寫下來，結果又被景麒罵了。他說被官吏看到我這樣會感到不安。總之，王是不是都必須擺出一副很了不起的樣子？無奈之下，每次遇到不瞭解的問題，就趕快躲去角落寫下來，但這也很蠢啊，你不覺得嗎？

景麒整天都嘮嘮叨叨。麒麟都這麼囉嗦嗎？聽說麒麟生性仁慈，但我只見過景麒和延麒這兩個麒麟，總覺得好像不是這麼一回事，有時候我們吵得很凶，周圍的官吏都嚇壞了。

話說回來，如果他對我太好，我可能會自以為是，所以可能景麒對我來說剛剛好，因為畢竟整天都有很多人對我磕頭。嗯，他應該算是善盡職責，只不過如果他別整天一本正經的話，我們的關係應該會更好。

我和景麒以外的官吏從來沒有吵過架，但也可能是因為彼此還不夠熟悉，所以還不至於發生衝突。目前我什麼都不懂，六官說什麼，我就覺得應該就是那樣。也許等我瞭解更多情況後就會發生衝突。

我和照顧我生活的女官關係很好，也可以閒聊。雖然景麒總是皺著眉頭說，不要和身邊的人太親近，但我怎麼可能對每天早晚都見面的人擺出一副冷淡的態度？

有一個女官叫玉葉，她很好，我很喜歡她。現在是她在照顧我的生活，以前是春官，做學校方面的工作——唉，我真沒用，這種時候沒辦法說出具體的官職，反正就是在負責整備學校的官吏手下當下官。我們會聊這裡的學校和蓬萊的學校，和她聊天之後，我很希望以後她可以繼續回去當春官。她並不是因為犯了什麼錯，才會辭去下官，而是因為予王的驅逐令被迫離開慶國。她離開慶國後，去了很多地方，她說不妨利用這個機會，到處去看看各地的學校——她是很積極正向的人。

——對了，我之前在巧國也遇到一個叫玉葉的女孩，在這裡，這是很常見的名字嗎？女官玉葉告訴我很多其他國家的事，聽她說這些事時，我很想去旅行，但不是四處逃命，而是四處走走看看的旅行，去慶國各地看看，也想去其他不同的國家。

——樂俊，你可能已經聽說了，塙麟死了。聽說不久之前，蓬山上結了塙果。塙王也危在旦夕。巧國接下來可能會動蕩不安，你一定也很擔心吧，我會盡力幫助你。話雖這麼說，其實我的能力有限，但至少目前情況還沒有很糟，你可以放心。

——對，我去了巧國。

聽說巧國恐怕會出問題，我苦苦哀求景麒，終於順利悄悄去了巧國。雖然現在國政很忙，所以只安排了兩天的行程，但我真的很想知道巧國目前的情況——不知道為什麼，我總覺得如果不再去看一看，很多事情都無法下決心，而且在往返的路上，也可以順便瞭解慶國各地的情況。

當時我只覺得巧國還沒有太明顯的變化。街道上的人雖然都很擔心，但好像和以前差不多。迎接收成期的農地也很漂亮，中途經過的慶國反而感覺更冷清，真希望也能早日在慶國見到相同的景象。

我還抽空去見了你媽媽，她看起來精神很好。

雖然我突然上門，但你媽媽很熱情地歡迎我，又請我吃了蒸糕。她看起來好像什麼都不知道，你都沒告訴她嗎？不可能吧，你之前不是從關弓寄了信回家嗎？因為你媽媽的態度就像是接待久別重逢的朋友，我也就沒提目前在當王的事，只告訴她和你一起去雁國的事，和你在雁國的生活。你媽媽看起來完全沒變。你家周圍並沒有災害，也沒有妖魔出沒，今年小麥的收成也比去年好，所以薪水好像也調漲了。雖然她也知道塙麟死了的事，但她笑著說，反正她一個人，總可以想辦法的，反而擔心你能不能吃飽，生活是否有問題，能不能適應大學的生活──總之，難得見到一位不會向我磕頭的人真是太開心了。你媽媽人真好，蒸糕也很好吃。

我去了你媽媽家後，又在槙縣附近繞了一圈，遠遠地看到了我最初漂流到的那個里，有一種充滿懷念的感覺，而且對感到懷念的自己感到很奇妙──完全沒有不舒服的感覺，而是回想起很多事，也陷入了自我厭惡。我很慶幸我這趟出了門，因為我接受了自己目前的狀態，也帶給我勇氣。看完巧國之後回到慶國，更覺得要加倍努力，至少在收成期時，不要再看到農田一片荒蕪。

──加油。這句話說起來很簡單，但眼前必須處理的事、必須學習的事堆積如山，不瞞你說，有時候會感到很茫然。幸好我的壽命會很長，否則才剛學會如何治理國家的知識就變成老太婆了。

關於國家的情況就是這樣，也沒什麼可以向你報告的，但不久之前舉行了鎮國儀式。聽說舉辦這個儀式後，就不會有妖魔出沒了，只是不知道實際情況如何。光憑在往返巧國的路途上所看到情況，難以做出完整的判斷，我發現住在王宮中，無法瞭解百姓生活的情況，希望可以隨時去民間實地瞭解情況。王很不自由，也許是因為我只認識延王，才會有這種感覺，不知道其他國家的王用什麼方法瞭解百姓的情況。既然王不能走入民間，至少應該有某種方式讓王知道百姓在幹什麼，哪個地方發生了什麼事。

——一切都要從現在開始做起。因為我現在連官職的名稱、職責，以及主要官吏的長相、名字都記不清楚，像這樣一旦說出口，就很擔心自己是否真的能夠勝任慶王的職責。雖然景麒對我說，這也是無可奈何的事，不必太著急……景麒偶爾會安慰我、激勵我，但真的只是偶爾。

啊，對了。

拖了很久的登基儀式終於決定要在下個月舉行，要記住典儀上的禮儀規矩很辛苦，希望你可以來參加……不過你要上課，可能沒辦法來吧。景麒叫我邀請你，所以我已經安排了，但我不希望因為私事影響你的課業，所以你不必勉強。

還有，因為規定登基之後就要改年號，所以他們要我決定年號。得知這件事之後，我就打算從你的名字中借用一個字。如果沒有遇見你，我絕對會死在山上。雖然在取年號時摻雜了私情，但你是這個國家的恩人，所以應該可以獲得諒解，景麒也沒有反對，因為這個緣故，和景麒商量後，決定取赤樂這個年號。

啊，我好像可以看到你皺眉頭。

——我好像一直在聊自己的事。樂俊，你最近還好嗎？

不瞞你說，六太來找我，我們直到剛才都在討論如何解決還留在雁國的那些慶國難民問題，剛好得知了你入學考試的成績。聽說你考了狀元？還是你並不知道這件事？總之，恭喜你，我也很高興，更為你感到驕傲。

不知道雁國的大學是怎樣的環境，感覺會教一些很難的事。

六太說，想要挖角，把你留在雁國。我立刻反駁說，與其留在雁國工作，更希望你來慶國，但你可能想要回巧國吧？無論如何，請你用功讀書。

希望下次可以向你報告一些成果，雖然重整一個國家並沒有那麼容易。

——啊？

——景麒來叫我了，他要我向你問好。

景麒又要使喚我了。

因為整天都聽到一些陌生的詞彙，有時候忍不住很火大，想乾脆把所有的用語都改掉算了，到時候就輪到景麒整天捧著記事本。景麒脖子上掛著記事本，整天做筆記的樣子應該很可愛。

啊，景麒在瞪我了，我要去上課了。

——那就改天再聊了。

青鳥突然住了嘴，歪著頭，看著樂俊。

「……陽子似乎過得很好。」

他對著青鳥小聲嘀咕道，青鳥把頭偏向另一個方向。

「她越來越有一國之王的樣子了。」

青鳥啾嚕嚕地叫了一聲，似乎在回答樂俊。樂俊笑了笑，從架子上拿下一個罈子，從裡面取出銀粒餵食青鳥。

青鳥只吃銀粒，樂俊也不知道牠叫什麼名字。這種鳥原本只是達官貴人用來傳話的工具，樂俊根本沒有看過這種鳥。青鳥的羽毛上有藍色條紋，長尾的深藍色羽毛上有白色斑點，只有嘴和腳是紅色。青鳥用紅嘴啄起像沙粒般大小的銀粒，發出像唱歌般的叫聲。樂俊看著牠時，響起了敲門聲。青鳥受驚似地從書桌上飛起，飛出了窗戶。

樂俊還沒有回答，門就打開了。鑿穿關弓山半山腰而建的這裡是雁國大學的宿舍，有大學的府第，教師、府吏和超過一半的學生都住在這裡，進門的是和樂俊就讀同一所大學的鳴賢。

「文張，有你的東西。」

鳴賢說完，抱著一堆書走了進來。

「俺不是說了嗎？文張是……」

「好啦好啦。」鳴賢說完，把手上的書放在桌子上，「蛛枕叫我把這些書交給你。」

聽到鳴賢這麼說，這隻灰棕色的老鼠垂著鬍鬚，心情複雜地輕輕嘆了一口氣。鳴賢見狀笑了起來。「文張」是「很會寫文章的張」的意思，有一位老師稱讚樂俊寫的文章，消息很快在同學之間傳開了，久而久之，就變成了樂俊的綽號。

「這是稱讚啊，你就收下吧——雖然有人也帶著嫉妒和揶揄叫你這個名字。」

「俺並不是不喜歡……」

「那就沒問題了啊，比蛛枕的綽號強多了。」

鳴賢說完，笑了起來。鳴賢記得蛛枕原本的名字叫進達，但連老師都不用這個名字叫他。因為他總是廢寢忘食地用功讀書，有一天，朋友去他房間，發現枕頭上已經結了蜘蛛網，因此有了這個綽號——大學內的綽號十之八九都是這麼來的。鳴賢這個名字也是別名。他十九歲考進大學，十九歲進大學算是破格錄取，這個綽號也就由此而來，而且應該還有大頭、聰明的意思。當然這只是他自己說的，真相如何，就不得而知了。

「他說什麼時候要還他？」

「他說這些都送你。」

鳴賢說完，從房間角落拉了一張凳子坐了下來。樂俊驚訝地回頭看著鳴賢。

「俺只說想要借書。」

「嗯，蛛枕說他不需要了，所以不必還他。」

「啊？」樂俊驚叫了一聲，鳴賢苦笑著。

「他打算休學——他今年也沒有拿到許可。」

而且也讀了八年了。鳴賢小聲嘀咕道。

大學的學生通常都會在數年期間畢業，學生必須在各科拿到教師的許可後才能畢業，如果許可不足，就無法畢業。很多人留級太多次，最後付不出學費，只能休學。

「蛛枕有老婆孩子。」

「是喔……」

樂俊帶著複雜的心情看著蛛枕送給他的書籍。因為大學內只有三百名左右從全國各地精挑細選出來的學生，通常都無法一、兩次就順利考取，所以很多人到了三、四十歲才終於入學。有相當一部分學生在入學之前已經有了妻兒，靠妻子養家，賺取學費和生活費。聽說蛛枕也差不多快四十歲了，由於入學年齡和畢業年齡都沒有規定，所以學生的年紀也不相同，從二十多歲到四十多歲都有。

「這種事可能很快就會發生在我身上，因為我今年也沒拿到任何許可。」

嗚賢今年二十六歲，當初以十九歲的年紀破格入學，別人為他取了「嗚賢」的綽號，但三年來，他漸漸跟不上大學的學業。他在第一年得到了六個許可，被稱為是天才，但在第二年、第三年後，得到的許可越來越少，前年只得到一個，去年連一個都沒拿到。如果持續三年沒有拿到任何許可，就會遭到退學。所以很多人都像蛛枕一樣，在遭到退學的第三年之前就主動休學，因為比起遭到退學，休學的名聲比較好聽。休學時，可以推說是學費耗盡，或是擔心老家，以及不願看到妻兒太辛苦，而且曾經讀過大學的經歷也比較方便找工作，日後也還有機會復學。

「從現在開始用功一點就好了。」

樂俊說道，嗚賢看著窗外，皺著眉頭說：「是啊。」只有剛入學的時候，才會覺得只要用功讀書就能過關，想要混到大學畢業不是只要廢寢忘食、用功讀書這麼簡單。這也是理所當然的事，因為只要大學畢業，就可以無條件成為官吏——而且是相當高層級的國官——當然不可能這麼好混。只要讀完一年，這隻老鼠就會知道讀大學沒這麼容易——嗚賢想到這裡，回頭看著低頭坐在椅子上的樂俊。

「……對了，聽說你沒讀過少學，是真的嗎？」

「對，因為在巧國，半獸不能讀少學。」

「是喔——聽說巧國對半獸特別嚴苛。」

在雁國，並不會因為是半獸而無法入學。像樂俊那樣，只要通過考試，就可以進入大學，如果順利畢業，當事人也有意願，就可以錄用為官吏——然而，很多國家並非如此。

「聽說在巧國，半獸甚至無法在戶籍上登記，真的嗎？」

「不，可以在戶籍上登記，只不過會註明是半獸，即使成年之後，也無法蓋上正丁的章。」

「這麼一來，即使有戶籍，也沒辦法分到給田啊。」

「不行，領不到田，也不能就業。」

「不能就業？怎麼可能？」

「是真的。」樂俊一派輕鬆地笑著回答，鳴賢感到驚訝不已，在雁國，就連沒有戶籍的難民和遊民也可工作。雖然只能領到最低標準的薪水，有時候還會被當作家生，受到像奴隸般的對待，但至少不會找不到工作。

「僱用半獸的稅賦特別重，所以沒有人願意僱用。」

「那巧國的半獸都怎麼過日子？」

「只能靠父母養。」

「父母死了呢？」

「會被安排去里家，但只能在那裡打雜。」

「……太驚訝了，原來還有這樣的國家。」

鳴賢說完，想起之前曾經聽說宰輔麒麟死了，巧國危在旦夕的傳聞。因為是這樣的國家，所以才會出問題嗎？

「但你應該讀過上庠吧？」

「照理說也不能就讀，但最後同意俺在角落旁聽。」

「上庠之後呢？又去私塾嗎？」

「不，俺家很窮，沒錢讓俺讀私塾。巧國和雁國不同，沒有學費的補助。」

鳴賢目瞪口呆。

「沒有讀少學——也沒有讀私塾嗎？」

鳴賢追問道，眼前的老鼠點了點頭。

「……那你是怎麼讀書的？」

鳴賢發自內心感到驚訝。通常都是在少學畢業後才會考大學，而且只有獲得少學校長，或是地位相當的人的推薦，才能夠進入大學。進入少學時，也需要上庠校長的推薦，只有成績優秀，成為選士，才能夠得到推薦。在進入上庠後，通常就要去私塾，或是像鳴賢一樣請家教。

「考試前，有老師輔導了俺一個月。」

「這樣不夠吧？」

學校並不是為了升學做準備的地方，上庠有上庠的目標水準，但還不足以達到進入少學所需的程度，必須靠學生自學才能彌補兩者之間的落差。在雁國，只要成為選士，國家就會補助私塾費用，而且也有公立的少塾，否則家境不富裕的人根本不可能去讀私塾。

「……因為有書吧。」

「書？」

書籍也很昂貴。沒錢讀私塾，卻有錢買書未免太奇怪了。

「家裡有很多俺爹留下的書，俺娘即使家裡再窮，也不願意變賣那些書，所以俺看了好幾遍，也抄了好幾遍，全都記住了。這麼一來，就可以把那本書賣掉了。」

樂俊說完，輕輕笑了笑。

「俺爹有點像老師，雖然在俺小時候就死了，但留下了很多筆記。」

樂俊說完，指著書桌。鳴賢起身向書桌探頭張望，發現桌上攤開一本磨損很嚴重的書，應該只是把筆記裝訂起來做成的書。雖然書很粗糙，但字跡很優美，書上似乎寫著關於禮儀的隨感，不光文字優美，內容也很出色。

「原來如此……因為有這些範本，所以你文章寫得那麼好。」

「和俺爹相比，俺差遠了——嗯，這些書的確讓俺學到不少。俺爹留下的這些筆記，俺一本也捨不得放手。」

樂俊笑著說道。旁邊的書架上還有五個和書籍使用了相同封面的書盒，每個書盒都可以放七、八本書，所以總共有將近四十本——不對。鳴賢在內心訂正。書桌上還有一個書盒，所以總共有將近五十冊。

「太厲害了，你爸爸以前是老師嗎？」

鳴賢大致看了一下，發現那些筆記的內容都相當高深。

「不，年輕時曾經是縣裡的公吏。」

「是喔。」

「因為有這些，還有很多書，而且俺除了讀書以外，沒有其他事可做。如果自己家裡有農田，還可以種田，但俺沒有土地，也沒有房子，俺娘為了生活，為了俺的學費變賣了一切。」

「是喔。」鳴賢應了一聲，看著一派輕鬆地笑著的老鼠，「沒想到半獸這麼辛苦。」

「即使不是半獸，應該也差不多吧。」

樂俊笑著說。

「也許吧。」鳴賢心情複雜地對他笑了笑——但是，「文張」這個綽號有一半是揶揄，隱藏著「不過是一隻半獸」的嘲笑。樂俊之所以向蛛枕借書，也是因為大學的圖書府不願意出借上課需要的書籍給他，要求樂俊寫下保證書，一定會在借書期限內，將圖書完整無缺地歸還。鳴賢不知道是因為就像一部分學生所說的那樣，以為樂俊會「啃書」，或是認為他會拿去變賣。如果是前者，那只是因為從老鼠的外形聯想到的可笑偏見而已；後者也是對樂俊逃離祖國的難民身分所產生的偏見。

幸好蛛枕把書送給了樂俊——鳴賢在這麼想的同時，也發現了只有自己和蛛枕這些最終無法從大學畢業的人才願意和樂俊當朋友這個事實。那些在各科順利得到許可的人根本不把樂俊視為同學，就連教師也不例外。鳴賢知道曾經有一位老師揚言，如果不是以人類的外形現身，就不許走進課堂。

但是，這個半獸學生是英才，尤其對法令方面的知識，連老師都忍不住感到佩服——這些傳聞已經在校內傳開了。

正因為如此，鳴賢很擔心。越是入學時被稱為英才的人，之後往往會跟不上課業進度。鳴賢本身也是如此。八成是因為之前苦讀的目的就是為了上大學，所以知識雖精卻不廣。上大學後，成為學業基礎的知識缺乏深度和廣度，因而才會在學業上受挫，也有不少人在入學的同時就失去了目標。有些心術不正的同學舉出這些前例，正準備好看著，等待樂俊也遭到淘汰。

「你來雁國之後，是不是感到很失望？」

鳴賢問，樂俊驚訝地張大眼睛。

「為什麼？」

「沒為什麼……你不覺得和巧國沒有太大差別嗎？」

「有很大的差別啊，因為在巧國，我絕對不可能上大學。」

「那倒是。」

樂俊高興地瞇起眼睛。

「巧國和雁國完全不同，真的徹徹底底不一樣。」

「……是嗎？」

「嗯。」老鼠笑了起來。鳴賢覺得這應該是他的真心話。樂俊是一個正直的人——他的鬍鬚和尾巴拒絕說謊。

「那你就好好用功，希望可以順利畢業……但是，你的前途可能有很多磨難。」

「你還真是烏鴉嘴。」

「從來沒有第一名考進來的學生能夠順利畢業的。」

「豐老師說，那只是傳聞而已。」

「希望如此。」嗚賢用力嘆著氣，指著樂俊問：「你來這個和巧國有極大差異的國家後，就沉浸在這種解脫感之中嗎？」

「啊？」

「你平時都這個樣子啊。」

「喔。」樂俊低頭看著自己一身灰棕色的毛，「並不是來雁國之後才這樣，俺以前就一直這樣。」

「在半獸受到歧視的國家也一樣？」

「即使外表可以改變，戶籍上也寫著半獸，但是俺家很窮，這種外形就不需要穿衣服。」

「原來如此，」嗚賢忍不住失笑，「但如果你不認真思考一下，前途真的困難重重，像你射箭成績很差，一定是因為你不習慣人的外形。」

在舉行典禮時都會射箭，所以射箭是禮節的一部分，也是大學的必修科目。重點在於禮節，並不是命中標靶，但也需要相當的技術，射箭前後的動作也需要學習。

「啊……嗯。」

「還有騎馬。如果你不多習慣人類的外形，射箭和騎馬都會拿不到許可。」

「果然是這樣嗎？」

樂俊沮喪地垂下鬍鬚。

「……不瞞你說，其實俺之前也懷疑是這麼一回事。」

鳴賢經常看到樂俊在射箭和騎馬時東撞西撞，似乎不太能夠控制自己的身體。鳴賢低頭看著自己坐著的小凳子，樂俊以鼠相現身時個子很矮，連打開窗戶時，都需要站在小凳子上。在變成人的樣子時，和老鼠狀態時的體格不一樣，他自己似乎也無法適應。

「總之，一定要適應。如果射箭和騎馬不過關，就無法畢業。」

「嗯……」

「你就好好加油，打破那個傳聞。」

鳴賢粲然而笑，樂俊也跟著笑了起來。

「鳴賢，你也一起加油——聽說二十歲前入學的學生，沒有一個順利畢業的。」

鳴賢咂了一下站起來。

「那真的只是傳聞而已。可惡！我一定要打破這個傳聞。」

他大步走到門口，轉頭指著房間的主人說：

「今天晚餐後見。」
被他指著的樂俊驚訝地瞪大眼睛。
「晚餐後——要幹什麼？」
「你這個笨蛋，當然是練習射箭啊。」
鳴賢說完，笑著揚長而去。樂俊想要叫住他，隨即改變了主意，用力抓著腦袋。
「……他哪有工夫照顧別人啊。」
正當樂俊自言自語時，聽到啾嚕嚕的聲音。回頭一看，青鳥在窗前探頭張望。
「嚇到你了嗎？對不起。」
樂俊說道，青鳥偏著頭，再度飛到書桌上。樂俊又從罈子裡拿出一顆銀粒餵食青鳥。看著青鳥啄食著昂貴的銀粒，樂俊深有感慨地說：
「俺的運氣太好了……一切都是託陽子的福。」
巧國對半獸很嚴苛。就像難民拋棄荒廢的祖國逃難一樣，樂俊也從巧國逃來雁國。因為他聽說在雁國，即使半獸也可以上學，也可以就業，還可以成為官吏。只要有戶籍，就可以獲得農田，可以被當普通人看待，所以他一直嚮往雁國。
「……但不可能事事如意。」
來到這裡之後，才發現有很多實際問題，這也是無奈的現實。

「但也有像鳴賢這種對俺很好的人，也有老師對俺很好。光是能夠上大學，俺就賺到了……問題在於能不能跟上課業，能不能順利畢業。」

樂俊自言自語，把下巴放在書桌上。

「而且，學費能不能撐下去也是一個問題……」

他之前在巧國時，為了能夠有朝一日去雁國讀書，努力存了一點錢，但那些錢根本撐不到畢業。

「雖然今年減免了所有的費用，但如果成績退步，就沒有這個優待了。」

不知道能不能順利畢業？在畢業之前，能順利留在雁國嗎？即使順利畢業了，之後該怎麼辦？

無論如何，現在的生活和以前在巧國時相比，簡直有天壤之別。母親變賣了最後的家產，讓他進入上庠讀書，但樂俊並沒有未來。只要繼續留在巧國，就不可能有未來可言，不需要煩惱明天該怎麼辦？未來該怎麼辦？他根本沒資格為這些事煩惱。

「嗯……雁國和巧國真的完全不一樣，這是很了不起的事。」

他撫摸著青鳥的喉嚨，青鳥再度張開了嘴，用令人懷念的聲音重複了和剛才相同的話。

陽子已經成為慶國的王，雖然不時魚雁不絕，但對樂俊來說，陽子是生活在不同世界的人。已經加入神籍的陽子不會變老，永遠像之前分手時那麼年輕，樂俊只是住在下界的一介平民，他們之間的年齡差距會越來越大。陽子剛登基不久，在朝廷內也沒有朋友，只能依靠景麒，所以現在仍然關心樂俊的近況，不久之後，她可能就無暇顧及了——必須是這樣。因為陽子背負著慶國的命運，和數百萬百姓的生活。

「俺只是剛好在路上撿到她。」

樂俊當初救了倒在路邊的陽子，樂俊覺得這並不是什麼特別值得稱讚的事。任何人看到有人倒在路邊，都不可能見死不救，任何人都會帶回家好好照顧，但自己得到的遠遠超出自己的付出。

即使沒有遇見陽子，樂俊早晚也會來雁國，但是，他很清楚這個世界並沒有如此美好，在雁國舉目無親的他並不是只要來到這裡，就從此有了光明燦爛的前途。幸好樂俊因為陽子的關係，得到了能夠破格升學的人脈關係。雖然他從來沒有告訴任何人，那個人脈就是雁國的王。

在延王的安排下，沒有讀過少學的他就獲得了報考大學的資格，在他參加考試之前，為他安排了住處，讓他能夠盡情地看任何書籍，還在考試前的短暫期間內為他安排了老師，輔導他準備考試。多虧了這些安排，樂俊此刻才能坐在這裡。

未來必須靠自己的雙手努力，延王已經為自己奠定了努力的基礎，回想起以前，甚至不可能為自己努力，就會發現如今的自己幸運得令人難以置信。

他聽著青鳥的說話聲，深深體會著這些事，說了聲：「這是特別賞你的。」又餵了青鳥一顆銀粒。

餵食青鳥的銀粒也是延王特別賜予的，這也是樂俊目前唯一願意讓延王幫助自己的事。因為即使是銀粒，也是銀子，樂俊根本買不起。

青鳥興奮地啄食著銀粒，發出啾嚕嚕的聲音。樂俊伸手把青鳥放在自己頭上，只要青鳥停留在自己的身體上，就會記住人說的話。樂俊不知道是因為調教的關係，還是這種鳥本來就有這種本事。

「嗨，陽子，妳的聲音聽起來很不錯。」

緋色的頭髮，碧色的眼眸。樂俊認識的陽子身上沒有任何其他的裝飾。如今應該穿著昂貴的綾羅綢緞，渾身珠光寶氣，只不過樂俊想像不出陽子現在的樣子。

「俺也一切安好——」

＊

青鳥花了三天時間飛越國度。只要一顆銀粒，就可以持續飛越一個國家。

陽子和樂俊靠著牠在關弓和堯天之間魚雁往返，如果經由陸路寄信，需要兩個月的時間。

青鳥飛進了堯天山上的高窗，守在窗邊的官吏抓住了牠，放進鳥籠內，然後靜靜地帶到堯天山上，雲海之上的金波宮。這隻鳥無法靠自己的力量飛越雲海。從雲海下方飛出去的鳥只能飛回雲海下方。

鳥籠從外宮送到內宮的官吏手上，然後又一個傳給一個，最後被帶到燕寢的中心，王的居宮正寢內。王即將就寢，正攤開筆記本記錄，鳥籠放在王的身旁。

陽子把青鳥放在書桌旁的架子上，輕輕撫摸牠的翅膀。

青鳥開口說話，轉達了她在這個世界結交的第一個朋友說的話——用他的聲音。

——俺也一切安好，已經漸漸適應了大學生活，宿舍也越住越舒服。課業壓力雖然很大，但還能夠應付，上課的內容也不會太奇怪，只是有些課的確與眾不同。對了，雁國的飯很好吃。

原來妳見到俺娘了，沒想到俺娘竟然沒有向妳磕頭，真是太丟臉了，俺之前已經告訴她了。不過，她就是這種個性，真的太失禮了，請妳原諒她。雖然俺覺得妳不會為這種事生氣。

俺娘沒有向妳磕頭，代表景台輔並沒有和妳同行？妳該不會一個人在外面亂跑吧？這可不行，一定要帶護衛出門才行。

俺能夠理解妳想去巧國看看的心情，如果此行讓妳調整了心情，那就太好了。俺也很在意巧國目前的情況，很謝謝妳告訴俺。俺娘很獨立，日常生活不會有問題，只是很擔心災害和妖魔，幸好目前沒有任何異狀，俺稍微鬆了一口氣，謝謝妳去看俺娘。

嗯，俺從延台輔口中得知了塙台輔去世的消息。

延台輔經常來大學找俺，延王也會來——真不知道他們什麼時候處理公務。話說回來，雁國的官吏都很能幹是眾所周知的事，所以他們可能也沒什麼事可做。

他們出沒真的是神不知，鬼不覺，每次都是晚上從窗戶溜進來。當俺聽到敲窗戶的聲音，往窗外一看，發現他們懸在半空中。無論經歷多少次，都被嚇到半死。

啊，但是他們從來沒有提過成績的事，那是俺最近從其他地方聽說的。俺的成績果然很優秀，連俺都不由得佩服自己。考試的時候，俺的確感覺考得不錯，但聽說有一個傳聞，在雁國的大學，以第一名考進去的人最後都沒畢業，這裡有很多奇怪的傳聞。大學真有意思。

雖然根據傳聞，俺恐怕畢不了業，但延台輔應該也知道吧。雁國有很多出色的官吏，所以他希望延攬俺在雁國當官吏應該只是場面話，即使知道是這麼一回事，還是忍不住感到高興，所以一定要用功讀書拚畢業。接下來這段日子，要以順利畢業為目標，推翻那個傳說。

巧國接下來可能會逐漸荒廢，俺很希望能為自己的國家出力，但在俺畢業時，巧國可能不需要錄用官吏了。真沒想到竟然會遇到一國無王的時代，塙王雖然有很多問題，但一旦他駕崩，國家就會面臨災難。

對國家來說，王是不可或缺的。雖然俺這麼說，妳可能會很有壓力，但說真的，妳千萬不可以隨便外出。即使妳對自己的能力很有自信，也不應該去妖魔出沒的地方，一定要好好注意自己的身體，因為有妳或沒妳，是非常重大的事。

——俺這麼嘮叨，妳可能會說俺像景台輔一樣，但俺覺得景台輔說的話也有道理。妳以前住的地方沒有王，所以可能不太清楚，國家的威儀和王的威信真的很重要。雖然妳很排斥一副耀武揚威的態度，但如果一國之王沒有足夠的氣勢，百姓不願追隨這樣的王，官吏也不願意聽從王的命令。這裡有所謂身分的問題，如果不加以重視，就容易造成紛爭。王當然應該盛氣凌人，有多盛氣凌人，就代表身上背負著多麼沉重的責任。身分同時代表了符合身分的權利和義務，氣勢不足的王，很容易讓人以為王輕視自己的責任，想要逃避自己的責任，所以，妳要稍微擺出一點氣勢，只要適度就好。

妳以前生活的地方沒有王，也沒有所謂身分的問題，所以即使對妳說這些，妳可能也不太能夠理解，但俺相信日後妳就會慢慢瞭解，在此之前，景台輔可能會一直對妳嘮叨。俺認為妳應該多傾聽景台輔的意見，一國之王只有成為賢君，才能走向幸福。俺從巧國來到雁國，發自內心這麼認為。所謂賢君，就是為百姓謀福的王。景台輔說的話不可能違背百姓的利益，所以值得好好傾聽。

聽到妳和景台輔關係不錯，俺就放心了，和官吏之間沒有爭執也是好事。雖然其中一部分原因是彼此還不熟，眼前只要一切順利，當然是最好不過了，況且妳身邊好像也不乏優秀的人。

——對了，玉葉是蓬山上女神的名字，她負責管理蓬山上的女仙，聽說她花容月貌，所以漂亮的女孩通常都被稱為玉葉。因為和女神同名太不敬，所以通常不是正式的名字，只是字而已。俺娘的妹妹也叫玉葉，在俺娘認識俺爹之前就死了，俺從來沒見過她。

當妳有朝一日成為賢君，慶國一定會有很多女孩都叫陽子。想像一下，就覺得很滑稽。

嗯，字號真的常常會重複。通常都是別人這樣叫，漸漸變成了通稱，反而比本名更有名氣，於是就成為字號。通稱通常都缺乏創意，所以常常出現雷同的通稱。對了，俺很驚訝地發現，俺在大學也有了通稱，而且和俺爹的一樣。雖然不會不高興，但還是很不好意思啊。

說到名字——妳取了赤樂的年號？這不關俺的事，因為事先完全沒有聽說。年號是在建立新王朝時，一國之王祈禱萬民的幸福和國家的安康，為了謳歌新時代所取的名字，是一件嚴肅的事，怎麼可以徇私取一個無聊的名字？這件事俺一定要向妳提出忠告。

……嗯，差不多就是這樣。原本還想要說什麼，但俺忘了。

學校很棒，大部分老師都很通情達理，宿舍的同學大部分也都很好。宿舍的設備很不錯，藏書也很豐富，這裡也住了很多老師，隨時都可以去請教。這裡的飯也很好吃——這件事剛才好像已經說過了。

延王很關心俺，一下子叫俺住去王宮，一下子說要送房子給俺，俺總是為該如何婉拒他的好意感到傷腦筋。

雖然很感謝他，但還是要顧慮到其他同學和老師。況且俺是沾了妳的光，俺就像是妳的隨從，他這麼關心俺，讓俺受寵若驚，更覺得受之有愧。如果有機會的話，請妳稍微向他提一下。

——仔細想一下，就發現俺說的話真是大不敬。一國之王是雲端上的人，但因為妳的關係，我也和他們很熟，這樣沒大沒小不太好……算了。

總之，俺過得很好。老師推薦我申請獎學金，目前學費和宿舍費都可以減免，如果巧國繼續荒廢下去，俺打算把俺娘接過來。反正俺娘目前也是被別人僱用，在哪裡工作都一樣。老師曾經向俺提過，可以僱用俺娘在宿舍負責伙食工作。很多人都對俺很好，真的心存感恩。自從認識妳之後，俺的運氣也越來越好，真的很感謝妳。謝謝。

俺從延台輔口中得知，妳已經決定登基大典的事了。延台輔說要帶俺一起去，所以俺也打算厚著臉皮答應，俺想要看看妳當王的樣子，因為很少有機會看到自己的朋友成為王。

——為了這趟旅行，俺必須用功讀書。俺會努力的，陽子，妳也要加油。

就這樣，下次再聊。

青鳥陷入了沉默，陽子用指尖戳了戳牠，牠又重複說了一遍相同的內容。

——好懷念的聲音。我們一起去旅行至今並沒有太久的時間，但這段日子發生了太多事，感覺是很久以前的往事了。

一身蓬鬆的灰棕色毛，尾巴很有節奏地擺動，銀色的鬍鬚總是微微抖動著。

陽子忍不住輕聲笑了起來，這時，聽到了輕微的動靜。她驚訝地回頭一看，一名女官不知道什麼時候已經把茶具放在桌子上。

「玉葉——」

她抬起頭笑了笑。

「我剛才叫您，但您好像沒聽到。」

「是喔，對不起。」

「是樂俊大人嗎？他似乎過得很不錯——對不起，我剛才不小心聽到了。」

「沒關係。」陽子笑著用銀粒餵食了青鳥。

「是因為我沒有聽到——原來漂亮的女孩才會叫玉葉。」

玉葉出聲笑了起來。

「樂俊大人這麼說，看來我以後不能見他了。原本還期待以後一定有機會見到他，真是太失望了。」

「不是經常有人說妳很漂亮嗎？」

「年輕的時候，曾經有人說過。」

她蒼老的臉上露出燦爛的笑容。

「——您要不要稍微休息一下？」

「好。」陽子說完後站了起來，來到長椅上用力伸著懶腰。

「整天都坐著，腰痠背痛的。」

「您太勞累了。」

「官名完全都記不住。」

「不可能一下子就記住。」

「妳也花了很長時間才記住嗎？」

「對啊，」玉葉點了點頭，「即使現在也不是全都記得。如果不記得人，官名也很難記住。一旦記住了人的長相，就會慢慢記住他的官職，是誰的下屬，他的下官是誰，做什麼工作之類的事。」

「也許吧。」陽子嘆了一口氣，「我想趕快記住那些官吏的長相，但官吏都討厭我去府第……」

朝議時，會見到高階的官吏，但官階較低的官吏根本沒機會見面，雖然去府第就可以見到他們，但每個官府之長都不喜歡陽子去府第。

「……因為王通常不會去府第。」

「嗯，大家都說沒有前例，但聽起來好像是在叫我別去打擾他們……」

「是喔。」玉葉應了一聲，但其實她知道，每個官吏都不希望別人來探虛實，因為每個官府都有不願意讓王看到的部分。慶國是動亂的國家，先王在位期間很短，之前歷任先王也頻繁更迭，大部分官吏不光是在先王的時代，而是更早之前就在朝廷，甚至有的官吏經歷了三代王朝。官吏都專橫跋扈——不管有沒有王，他們都理所當然地支配著各自掌管的官府。

「啊，對了，」陽子叫了一聲，「玉葉，對不起，春官長還是拒絕了妳去當春官這件事。」

「啊喲——您真的提了這件事嗎？」

「因為妳真的很瞭解學制方面的事，所以我去問了一下，看能不能讓妳擔任相關的官吏——至少可以去當下官，結果被嘲笑了一番。」

陽子說完，重重地嘆了一口氣。

「他們都會先嘲笑，說什麼原來我這麼喜歡女官，但不能因為徇私情調動官位，而且說話的語氣好像在訓斥小孩子，根本不把我提出的建議當一回事。」

「我很喜歡在主上身邊服侍您。」

「我也喜歡妳留在我身邊啊，但適材要適所才行啊。」

「既然這樣，就讓我成為服侍您的適材。雖然目前的工作和以前不同，但也因此可以接觸到很多新的事物，我樂在其中。」

「玉葉，妳真樂觀正向……」

「因為我生性愛湊熱鬧啊。」

「原來如此。」陽子苦笑著。

「……但是，您對樂俊大人說，和官吏之間沒有爭執。」

玉葉說完，陽子目不轉睛地打量著她。

「請您原諒，我無意偷聽，但還是聽到了。」

「不，那倒是沒關係——我和官吏之間沒有爭執，因為還沒有和任何官吏起過正面衝突，每個官吏都不把我說的話當一回事。」

「是喔，其實我覺得您可以據實以告。」

「我並沒有說謊，我也沒說和官吏相處很和睦，如果這麼說，就真的是說謊了。」

「但是……」玉葉說到一半，把話吞了下去——慶國的王很孤立。朝廷分裂，各個派系的官吏都將自己的地盤占為私有，他們甚至在新王面前有恃無恐，完全不把新王放在眼裡，認為她根本是御座附屬的裝飾品。

「官吏都很冷漠，他們沒把我放在眼裡，所以也根本無法發生爭執——即使告訴樂俊這些也無濟於事啊。」

「但是……您和樂俊大人不是朋友嗎？或許您不想在朋友面前表現出自己脆弱的一面，但也許您可以更坦誠一點。」

「也對，」陽子仰頭看著天花板說：「也許吧，我可能真的不夠坦誠，我也許該老實告訴他，官吏根本都不理睬我、排斥我……但是，我不希望這麼做，並不是我不想讓他看到我的脆弱，而是不希望他看到我這麼不中用，這麼沒出息，不希望他討厭我、輕視我。不過，樂俊在討厭我、輕視我之前，會向我提出建議和諫言……」

「您不想讓他擔心嗎？」

「這也是原因之一——對，我真的不希望他為我擔心，但也不完全是這樣，我想應該是我想要逞強。」

玉葉眨了眨眼睛。

「逞強……嗎？在您朋友面前？」

「但並不是弄虛作假。」

陽子說完笑了笑，拿起茶杯，露出複雜的表情沉默片刻。

「……我覺得樂俊不可能一切都順利。」

玉葉偏著頭納悶，陽子抬起頭笑了笑說：

「雖然他告訴我，一切都很順利。至於他說的是不是實話，我認為並不是這麼一回事。他的母親還留在巧國，巧國即將走向荒廢，他不可能不擔心。這個世界沒有電話，根本不可能輕易瞭解他母親的情況，既不知道她身體好不好，也不知道她是否平安無事，怎麼可能過安穩的大學生活？」

「這……的確應該很擔心。」

「雖然他聽了我轉述的情況後，說終於放了心，但其實不可能放心。不過，他打算把他媽媽接去雁國，但即使接去雁國，之後的生活也會很辛苦，因為他媽媽是拋棄祖國，逃去其他國家的難民。即使他媽媽離開了巧國，那裡也是他出生、長大的國家，聽到漸漸走向荒廢，心情一定很複雜，這是人之常情吧？」

「是啊——對，我也一樣。」

「對不對？讀大學也不是一件容易的事，樂俊並沒有接受過充分的教育，幾乎都是靠自學。」

「但延台輔不是說他成績很好嗎？」

「他的成績很好，但始終都是靠自學，這代表他對學校的環境並不熟悉，況且在學校時，還要處理和同學與老師之間的人際關係。雁國是很出色的國家，大學的水準應該也很高。在巧國只讀到上庠的學生，突然進入雁國的大學，難道不會不知所措嗎？」

「那倒是。」

「在陌生的國家，在陌生的城市，在和以前完全不同的環境中生活很辛苦，而且，樂俊又是半獸。」

「雁國和巧國、慶國不一樣。」

「制度上是不一樣。」

陽子點了點頭。在雁國，半獸可以讀大學，可以就業，也可以當官，但陽子和樂俊第一次造訪雁國的玄英宮時，玄英宮的天官曾經遞衣服給樂俊。

「雖然制度上平等，但心態上未必平等。玄英宮的天官之所以會拿大人的衣服給樂俊，要他穿上衣服，應該是告訴他，不要以老鼠的樣子進宮，這樣可能很無禮，也可能不懂規矩，總之，就是告訴他，不能以老鼠的樣子在王宮裡走來走去。」

「嗯……的確。」

「既然這樣，大學可能也一樣吧，因為畢竟是全國的精英聚集的最高學府，大學畢業之後，不就可以成為國官嗎？大家不是培養和國家威儀有直接關係的國官的機關嗎？他以老鼠的樣子走來走去，絕對會不受歡迎。即使沒有偏見和蔑視，樂俊的樣子看起來像小孩子……所以我覺得他在很多方面一定很辛苦。」

「也許吧。」

「但是，樂俊隻字未提這些事——我覺得他不可能沒有察覺，任何人受到不合理的待遇，都會有很多想法。既然是人，挨打就會感到痛，被人搔癢就會笑出來，人就是這樣的動物，沒有任何人能夠例外。」

樂俊一定遇到很多痛苦和懊惱的事，但是，他並沒有向別人訴苦，藉此博取同情。

「不可能無所謂——絕對不可能，也不可能習慣。因為我覺得任何人都不可能習慣痛苦的事，如果我問他，他或許會說，沒關係，早就習慣了，但根本不可能沒關係。不是不會感到痛苦，而是知道如何克服這些痛苦的方法。」

「是啊。」

「我覺得，」陽子托腮說道：「能夠做到這點很了不起。」

陽子說完，對玉葉笑了笑。

「妳也一樣，任何人被不合理的理由趕出自己的國家都不可能不感到痛苦，但妳卻說，剛好可以利用這個機會看各地的學校——妳這麼說。能夠克服痛苦，讓自己進步真是太了不起了。」

「因為我是樂天派啊。」

「也許吧。」陽子笑了笑，「我看到妳這麼正向積極，覺得很了不起。聽到樂俊說他一切順利，我就在想，我也要好好努力。正因為我知道他不可能一帆風順，但仍然說沒關係，挺起胸膛向前走，就覺得自己也要振作起來，抬頭挺胸繼續努力。」

玉葉露出微笑。

「看來振作會傳染。」

「好像是，所以我才能這麼積極正向。雖然和官吏之間的關係不順利，但並沒有特別發生什麼爭執，離最糟糕的情況差得很遠。沒關係——至少還可以說沒關係，就代表沒有太大的問題，所以才能夠說沒關係，只要能夠說沒關係，就覺得自己也可以克服困難。」

「……我能理解。」

「雖然這只是虛張聲勢，但虛張聲勢也沒有關係啊，並不是有人強迫，我勉強自己這麼做，即使是逞強、即使是好強，我都想要讓自己振作。」

「是啊。」玉葉說完笑了笑。

「但是，樂俊大人應該知道主上是在逞強。」

「我當然也知道，我們彼此都一樣，所以這樣就好。」

「原來如此，也對。」玉葉露出微笑，陽子也還以微笑時，另一個女官衝了進來。

「主上，很抱歉打擾您休息。」

「發生什麼事了？」
「台輔說有十萬火急要上奏的事宜。」
玉葉看著磕頭稟報的女官站了起來。
「我去準備衣服。」
陽子點了點頭，回頭看著跪地的女官說：
「我馬上去。」
景麒深夜前來，必定又發生了什麼事。難道是偽王的餘黨又作亂了？還是諸侯諸官蠢蠢欲動？既然等不到明天，而且也沒有透過其他官吏稟報，可見事情非同小可——陽子皺著眉頭陷入沉思，一件外袍遞到她面前。
「無論發生了什麼事，在瞭解之前就煩惱是徒勞。」
「喔——嗯。」
「這種時候更需要虛張聲勢，抬頭挺胸。」
「也對。」陽子穿上外袍說道。
慶國的安寧之日還很遙遠，還有成堆的問題需要解決。因為陽子目前還完全搞不清楚狀況，只能努力完成擺在她面前的職責，她並不以為苦，因為有好幾個人在支持她、守護著她。

「我走了，謝謝妳的茶。」

「我會準備甜點等您回來，因為您一定會很傷神。」

「嗯，麻煩妳了。」

青鳥望著陽子離去的背影。

華胥

1

「我讓妳看華胥之夢。」那個男人說道。

男人抱起年僅八歲的采麟，從揖寧長閒宮指著雲海下方的下界。

夕陽映照，年輕的新王剛登基不久，他的臉龐在被染成紅銅色雲海反射下，看起來閃著光芒。新王砥尚手指的方向是先王扶王失道導致荒廢的國土，但采麟對主上的話沒有絲毫的懷疑。既然他說要讓自己看到夢，那就一定可以看到。

才州國有件珍寶，名叫華胥華朵。那是用寶玉製成的桃枝，只要睡覺時插在枕邊，桃枝就會開花，就可以見到華胥之夢。以前，黃帝對治世陷入迷惘，在夢境中神遊華胥氏的國度，看到了理想國度後悟了道——據說這朵神奇的花朵可以用夢境的方式呈現出理想的國家。砥尚說，要讓采麟看到華胥之夢，要為了采麟把這個國家打造成華胥之國。

「我把這個送給妳做為證明，」砥尚把翡翠的桃枝放在采麟手上，「妳可以在每晚入睡時，都看到現實一步一步接近了夢中的國度。」

采麟點了點頭，緊緊抱著珍寶。對采麟來說，砥尚很高大，充滿希望、信心而又崇高。抱著采麟的強壯手臂和凜然的臉龐，意志堅定的雙眸意氣風發地凝望著未來。采麟為砥尚感到自豪，希望永遠停留在這個燦爛的白晝和平靜夜晚之間的瞬間。

——我讓妳看華胥之夢。

她用抱在手上的花朵貼著臉，為什麼會悲傷得幾乎發瘋呢？只要閉上眼睛，就可以清楚地看到自己和砥尚站在黃金色岸邊的身影，即使只是記憶中的身影，仍然光彩奪目。采麟忍不住泫然落淚。

——華胥之夢……

光太強烈，什麼都看不見，但這是約定。

「完全不必擔心……朱夏，對不對？」

聽到采麟的問話，朱夏努力擠出笑容。

那是在極其奢華的床榻上，躺在錦緞被子裡的少女坐了起來，病態蒼白的臉看著朱夏。她露出求助的眼神，甚至沒有眨眼。削瘦的臉頰上有好幾道枯枝留下的刮痕。

「……是啊，台輔。」

少女鬆了一口氣般露出微笑，再度把桃枝貼在臉上，又出現了一條令人心痛的傷痕。

她手上拿的是不知名的枯枝，當然不是寶玉桃枝枯萎了，采麟把華胥華朵下賜給了王的弟弟馴行。馴行向采麟乞求，采麟賜給了他，他拿去送給和黃帝一樣對治世陷入迷惘的兄王。

（但是，台輔竟然連這件事都遺忘了……）

朱夏低頭看著交握在腿上的雙手，她的手微微顫抖著。

之前就聽說台輔身體虛弱，也以此為由，很少出現在眾人面前，這次已經長達半個月未露面了。朝廷上下流傳不平靜的傳聞——照理說，身為麒麟的宰輔不可能有什麼大病，既然這麼長時間臥病在床，病名只有一個。

麒麟負責選王，當麒麟選的王失去道義，導致百姓受苦受難，國土荒廢，必須由選王的麒麟負起責任。上天藉由麒麟選王，也藉由奪走麒麟的生命把王趕下王位。麒麟因為王失道而罹難的疾病，因而稱為失道。

宰輔失道代表王朝走向滅亡。諸官千方百計想要瞭解導致采麟生病的原因，但因為采麟深居宮內，足不出戶，官吏根本無法見到她。即使向采麟的扈從提出探視的要求也無法獲得許可，宰輔的主治醫師黃醫也對病情三緘其口。冢宰和六官長在不得已之下只好同時前往宰輔所住的仁重殿，最後只有朱夏得以進宮探視。

雖然朱夏原本很納悶，為什麼不是同意六官之長的冢宰入宮探視，此刻才終於知道，采麟甚至已經無法離開病榻。因為必須進入宰輔的床榻，所以只同意唯一的女人朱夏入宮面會。在走進臥室時，她才終於瞭解這一點。

（宰輔生病了……）

只要看采麟的病情就知道，砥尚的王朝開始走下坡。

「──大司徒。」

朱夏一語不發地低著頭，女官叫著她，似乎示意她該離開了。

朱夏點了點頭，采麟依然抱著枯枝流淚，朱夏摸著她的手。

「台輔，我先告辭了，請您多休息。」

采麟害怕地抬起頭。

「朱夏，妳也要離我而去嗎？」

「才國沒有任何人離您而去。」

「但是，主上離我而去了。主上拋棄了我，拋棄了才國，也拋棄了百姓。」

「不是這樣的，怎麼可能有這種事？主上只是陷入了迷惘，很快就會恢復原來的主上。」

朱夏苦笑著說，采麟用力搖著頭。

「騙人！一切都是騙人……他還說要讓我看華胥之夢。」

「當然會讓妳看到，治世之路很漫長，會遇到很多波折，只是這樣而已。」

「騙人！」采麟大叫著，削瘦而有氣無力的臉上只有一雙眼睛露出被逼入絕境的眼神，眼神中充滿憎惡。朱夏難以相信慈悲化身的少女竟然會有這種表情。

「還說什麼華胥之國……」

她沙啞的聲音宛如詛咒，但仍然把枯枝緊緊抱在胸前不放，好像緊緊抱著最後的希望。

「台輔，您請休息吧。」

「從頭開始就是夢……根本就是越離越遠。」

采麟拉著朱夏的手臂，似乎想要挽留她。

「……救我，我好痛苦，身體好像被撕裂了。」

朱夏不知該說什麼，病態的纖細手指用力握著她的手臂。

「台輔，您多休息。」

女官走上前來，看著朱夏，催促她離開。

「大司徒，就到此為止吧。」

朱夏點了點頭，正準備走出床榻，背後傳來一聲柔弱的悲鳴。

「騙子！騙子！夢境從來沒有在才國實現！」

朱夏聽著悲鳴聲，心如刀割地走出了堂室。

——為什麼會這樣？

砥尚原本是遠近馳名的俊傑。他年紀輕輕就破格進入大學，短短兩年時間，就得到了所有的許可順利畢業。大學畢業後，通常會直接進入國府，按照慣例，並不是從擔任府史或是胥徒這些下官開始，而是直接擔任下士。砥尚的未來深受矚目，前途不可限量——但是，他討厭先王，沒有參與國政，在大學畢業後直接走入民間。

當時的才國正值扶王治世末期，國家開始荒廢，愚昧的政策橫行，惡法不斷出現。扶王飽受官吏和百姓的指責，開始自暴自棄，沉迷酒色，最後放棄了政務。向扶王提出諫言的高官都紛紛遭到撤換，砥尚得到這些下野官吏的庇護，成為食客後，在揖寧召集有志之士，糾彈扶王。對扶王失政感到義憤填膺的年輕人漸漸聚集在砥尚身邊，朱夏也是其中一人。

砥尚率領的有志之士很快獲得民意的支持，以「高斗」為名，在扶王的時代率領百姓對抗國家的一切不合理，在扶王崩殂之後，繼續對抗荒廢。當里祠掛起黃旗後，砥尚立刻昇山，在眾人的期待下，被采麟選定為王。

在任何人眼中，砥尚的登基都理所當然。不光是采麟，所有認識砥尚的人都相信新王，誰都不會想到——新王的王朝在短短二十多年後就沉淪。

朱夏逃也似地穿越庭院，回到了前殿。六官長神情緊張地等待著朱夏歸來，幾個人看到朱夏後立刻站了起來，朱夏忍不住移開了視線。

六官長以前都是高斗的成員，他們都和朱夏一樣，年紀輕輕就進入了朝廷，為了理想共同對抗國家的荒廢。朱夏深知每個人的為人，也感同身受地瞭解他們對新王的信賴，以及對新王朝滿懷壯志，她無法向他們啟齒，說最糟糕的情況已經發生了。

他們似乎從朱夏的神情中猜到了事態，每個人臉上都充滿苦澀。前一刻站起來的人都無力地坐了下來。

一片沉默和沉重的嘆息，終於有一個人站了起來，輕聲示意大家離開。他是朱夏的丈夫，冢宰榮祝。

「即使一直坐在這裡也無法改變任何情況，我們已經確認了想要確認的事，疑問已經有了解答，接下來必須認真思考對策。」

榮祝說完，環視著甚至無力發出任何聲音的六官長。

「怎麼可以現在就這麼沮喪？接下來才是身為臣子的我們需要付出努力的時候。」

榮祝激勵道，六官長帶著沉痛的表情點著頭，站了起來。他們離開後，只剩下朱夏和榮祝。榮祝也終於走出堂室，朱夏追了上去，和他並肩走在一起，榮祝用低沉的聲音問：

「……妳覺得有可能痊癒嗎？」

「那……當然……」

朱夏想要回答：「當然會痊癒」，但無法說出口。聽說自古以來，失道的宰輔痊癒的前例絕無僅有。

砥尚決定了國家的命運，不僅如此，他還是榮祝的堂弟，也是數十年來的朋友。榮祝和砥尚從小親如兄弟，即使砥尚離開家鄉後，也是他無可取代的朋友。當砥尚在揖寧舉起高斗大旗時，他率先加入，之後一直並肩作戰，對抗荒廢，也參加了砥尚的昇山之旅，從新王朝成立至今，他都持續支持砥尚。朱夏無法告訴榮祝，砥尚的天命已盡，但更不願意隨口安慰他。

榮祝似乎察覺了朱夏的猶豫，在迴廊上停下腳步，輕輕呻吟後，用手抵著額頭。朱夏不知道該對他說什麼，只能把手放在痛苦地垂下頭的榮祝後背。迴廊外的園林一片桃花盛開，風吹落了無數花瓣，宛如夢幻鄉的景象格外悲傷。

（華胥之夢……）

也許真的像是一場夢。

三十年前，朱夏只是一個對扶王治世感到憤怒的少學學生。她為了就讀少學來到揖寧，加入了高斗，遇見了榮祝，也遇見了砥尚。朱夏和他們在一起編織了一個夢，一個關於理想國家的美夢。每個人都相信這個夢，以為只要實現這個夢想，就可以打造出華胥氏的國度。他們曾經徹夜談論未來，帶領百姓向扶王的墮落，以及扶王崩殂後的荒廢作戰，他們曾經有過這段輝煌的過去。在那個激昂的時代，朱夏和榮祝一起發誓將永遠支持砥尚。那時候，朱夏二十二歲，榮祝二十六歲，砥尚二十五歲。短短三年後，砥尚就坐上了王位。

回首往事，那個時代就像是一場夢，年輕時代的自己耀眼得令人感到心痛。

不一會兒，榮祝抬起了頭。

「朱夏，到底該怎麼辦？」

「台輔能不能痊癒取決於砥尚是否能夠回歸正道，只能設法勸諫……」

「要怎麼勸諫？又該說什麼？」

被榮祝這麼一問，朱夏無言以對。

「如果有什麼可以勸諫的，請妳告訴我，砥尚到底做錯了什麼？」

朱夏搖了搖頭。

——如果知道的話就好了。

「不知道該勸諫什麼，就叫我對砥尚提出諫言嗎？」

朱夏也無法回答這個問題。砥尚如果像扶王一樣放棄政務，整天紙醉金迷，或是欺壓百姓，或許可以知道他已失道，也可以向他提出勸諫，但砥尚登基以來都真心誠意地處理國政，在朱夏的眼中，砥尚和登基當時完全沒有任何不同，持續貫徹正道，為追求理想的國家而努力。

光看砥尚，會認為他根本不可能失道。然而，一旦看向國土，就會知道采麟的失道理所當然。朝廷的紛爭無法平息，國土荒廢，百姓窮困。百姓對在位二十多年的王怨聲載道，責罵聲傳入了朝廷。正因為如此，當采麟身體不適後，就立刻出現了失道的傳聞。才國很明顯地陷入了荒廢。

砥尚也瞭解目前的情況，去年之前，他總是滿臉焦慮，新年過後，當采麟頻頻不適後，他甚至有點手足無措。然而，砥尚認為這是上天的考驗而克服了這份慌亂。他激勵諸官，只要更努力貫徹正道，采麟的身體就會漸漸恢復，國家也會重新步上軌道，這是上天要考驗這個王朝是否具備挫折的力量。

然而——

朱夏不敢正視榮祝，看著像夢幻般翩翩而落的桃花花瓣。夢正慢慢遠離，宛如園林的春天正漸漸離去。

翌日的六朝議在凝重的氣氛中拉開了序幕。聚集在朝堂內的六官都陷入了沉默，不敢看對方。雖然已經下了封口令，但采麟失道的消息不脛而走。最好的證明，就是官吏都不時瞥向唯一見過采麟的朱夏。

榮祝昨天沒有回官邸，不知道是忙於公務，還是去見了砥尚。朱夏看向朝堂的片隅，尋找榮祝的身影，發現他沮喪地低著頭。

不一會兒，宣告全員到齊的銅鑼敲響。在朝堂內列隊的官吏靜靜地走了出去，走向外殿。在這段不算短的路程內，沒有人開口說話。隨著漸漸接近外殿，隊伍中越來越緊張。走進外殿的諸官整齊排隊後跪下時，緊張的空氣幾乎可以刺痛皮膚。

所有的官吏都不敢看向御座，隨著和剛才不同節奏的銅鑼聲後，珠簾垂了下來，官吏無不屏氣斂息，只要稍微動一下，衣服的摩擦聲就格外刺耳。銅鑼再度敲響了一聲，諸官紛紛磕頭，珠簾拉了起來。朱夏不想抬起磕在地面的頭，如今，看到砥尚的臉是莫大的痛苦。

太宰下令諸官抬頭，朱夏和其他官吏抬起了頭，終於不得不面對御座上的王了。當她痛苦地抬起視線時，看到砥尚坐在漆黑的御座上。

朱夏感到一陣衝擊。砥尚一身黑色大裘，坐在金色屏風前鑲嵌著螺鈿和寶玉的御座上，看起來依然英氣逼人。結實的軀體，充滿睿智的臉龐，俯視諸官的雙眸依然充滿強烈的霸氣，渾身散發出令人不敢正視的威嚴。

在太宰的號令下，諸官行了三叩首禮，榮祝在王的允許下起身，正當他準備朗讀議事時，砥尚舉手打斷了榮祝，巡視著諸官，用深沉而響亮的聲音說：

「台輔最近身體不適，今天也無法上朝。」

砥尚說完，帶著和高斗時代完全無異的凜然看著諸官說：

「關於台輔的不適，有一些不平靜的傳聞。朝政持續原地踏步，的確會令諸官感到不安，但正如我已多次言明，我並不認為這是停滯，更不認為是後退。」

諸官都聚精會神地注視著砥尚。

「治國並不容易，並不能夠一帆風順，當然會遇到辛苦和不安，有時候也會原地踏步，沒有這些情況才奇怪。如果執政是平坦的康莊大道，就不可能有王因為施政上的舉棋不定而失道，執政本來就是一條苦難的道路。」

砥尚加強了語氣。

「然而，我看到了理想國家的藍圖，正因為我對此具有信心，才會昇山，也因此獲得天命，同時，至今為止，都會邁向這個理想而鋪路。如果看不到理想，或許會失道，但我知道什麼是理想的國家，也正努力走向這個目標。無論登山的路多麼艱辛，我有絕對的確信，知道那就是正道。你們之所以對我不信任，並不是我在執政道路上迷失了，而是你們因為登山痛苦而動搖了理想。」

朱夏忍不住倒吸了一口氣。因為艱困的現實，的確導致自己對理想失去了信心。無論怎麼掙扎，都無法改變現實，於是朱夏開始懷疑，是不是因為理想太高，所以才會原地踏步。

砥尚似乎看透了朱夏的心思，將目光停留在她身上，微微笑了笑。

「我絲毫沒有動搖，我依然可以看到，你們應該也一直看得到。」

砥尚說完，看著跪在外殿的眾臣。

「絕對不能因為失望和困難而退縮、猶豫。」

朱夏身旁的大司寇似乎被砥尚充滿信心的有力聲音打動，跪拜在地。朱夏的左右響起官吏磕頭的衣服摩擦聲，朱夏不知所措地移動視線，看到榮祝疲憊不堪的臉上露出強烈的失意。他轉過頭，嘆了一口氣，看向諸官，視線落在朱夏身上。榮祝無力地搖了搖頭，朱夏難過地垂下了頭。

榮祝昨天晚上果然去找了砥尚，他們應該徹夜討論了才國的現狀和采麟的狀態。經過一夜長談，砥尚得出了這樣的結論。朱夏帶著絕望的心情瞭解了這件事。對砥尚的懷疑、對理想的疑惑的確來自失望和困苦。

（但是……）

朱夏見到了采麟，如果那不是失道，什麼是失道？慈悲化身的少女在病床上詛咒砥尚，她的眼神彷彿充滿了憎恨。

朱夏在朝議期間，內心深處彷彿盤踞著漆黑的淤泥，砥尚近在眼前令她痛苦不已。然而，一旦朝議結束，砥尚從眼前消失，又會感到不安和難過。她無法整理自己的情緒，心神不寧地回到了官邸。

「您回來了——咦？您還好嗎？」

朱夏回到主樓，上前迎接的青喜一開口就這麼問道。他可能從門衛口中得知朱夏已回到官邸，雙手捧著茶具，彎腰探頭看著朱夏的臉。

「您的氣色比出門時更差了。」

「沒事，只是有點累了。」

「是嗎？」青喜語帶懷疑地說道，把茶具放在桌子上，嘀咕著：「空氣真差，燈光太強了。」在房間內跑來跑去，打開了窗戶，把燭臺的燈火調小，移動了屏風，調整了室內空間。個子矮小的青喜在房間內跑來跑去的樣子就像是麻雀，朱夏終於鬆了一口氣。青喜有一種奇妙的力量，總是可以讓朱夏感到放鬆。

「所以我之前不是說過，您千萬不能熬夜嗎？昨晚是不是又很晚才睡？我看到您房間的燈光。」

「這代表你昨晚也熬了夜，不是嗎？」

「姊姊，我沒關係，您出門工作後，我可以丟下工作睡午覺。」

朱夏輕輕笑了笑。雖然青喜叫她姊姊，但他並不是朱夏的弟弟，也不是榮祝的弟弟。青喜在扶王崩殂的動亂中失去了父母，他是孤兒。榮祝的母親慎思收留了年幼失去雙親的青喜，養育他長大。慎思也是砥尚的姑姑，她性情溫柔，人格高尚，像母親般照顧年幼喪母的外甥，對砥尚產生了很大的影響。也因為這個原因，砥尚登基之後敘以仙籍，任命她為三公之下的太傅。青喜受到慎思的薰陶，年少時就出入高斗，照料榮祝的生活。他叫榮祝哥哥，之後又稱朱夏為姊姊，在十九歲時自願成為照料榮祝生活的胥，加入了仙籍，之後一直負責官邸的大小事務。

「哥哥快回來了嗎？」

青喜擔心地看向門口。

「不清楚……這一陣子是非常時期。」

「今天的情況怎麼樣？」

「在朝議開始之前氣氛很凝重……但砥尚安撫了官吏。」

朱夏說完，難過地笑了笑，把朝議的情況告訴了青喜，青喜傷神地皺著眉。

「主上至今仍然充滿確信……」

「……正因為有確信，所以更麻煩……」

諸官被砥尚的銳氣感動，個個打起了精神，只有朱夏依然情緒低落。砥尚充滿霸氣的身影，和相信他的官吏身影壓在她心頭很沉重，也很痛苦。

砥尚是一個宛如旋風的王，這種王不是很傑出，就是很昏庸，但至少朱夏和其他高斗的有志之士都深信砥尚是俊傑。他搶先昇山是理所當然，得到選定也是理所當然，在朱夏和其他人眼中，砥尚像疾風般登基更是很自然的事，百姓都支持高斗，支持砥尚。砥尚也滿心歡喜地坐上王位，新朝廷也在短時間內迅速整頓完成。高斗內有足夠的人才支持新朝廷，而且都是有著共同理想的有志之士。前進的道路很明確，朝廷的腳步完全一致。王位上無王造成的荒廢控制在最小限度，新朝廷在短時間內迅速整頓完成，開始實際運作。每個人都深信，新的王朝燦爛地拉開了序幕。

然而，才國的發展並沒有像朱夏和其他人想像的那麼順利，王朝一開始就遇到了重重挫折。

砥尚首先肅清在荒廢政務的扶王治世下，恣意玩弄國權、侵占國庫的貪官汙吏，罷黜了許多官吏，但如此一來，國政就無法成立——朱夏認為，這應該不是砥尚的錯。

罷黜貪官汙吏後，官吏的人數不足。如果只是這樣也就罷了，許多靠巴結貪官汙吏撈到好處的官吏和下官惡意休假，或是拒絕工作。如果更迭所有反抗的官吏，國家真的會因為官吏人數不足而癱瘓，於是只能忍著屈辱，讓許多罷黜的官吏復職。結果又引發民怨，指責為什麼再度錄用已經罷黜的貪官汙吏，責備的聲音宛如怒濤般湧來。遭到罷黜後復職的高官絲毫不感謝砥尚，反而比之前更加囂張，至今仍然在國家的各個角落為了私利而犧牲百姓的利益。

在這件事上，砥尚絕對沒有偏離正道。如果有人犯錯，是那些遭到指責，仍然不知羞恥的貪官汙吏犯了錯，但是，砥尚一定在哪裡犯了錯，正因為犯了錯，所以無法清理門戶。朱夏有時候懷疑國家和扶王末世相比，根本沒有任何進步。事實上，百姓的生活絲毫沒有改善，反而漸漸損耗多年的積蓄。既然扶王因此失去了王位，砥尚因此失去王位也是無可奈何的事。然而，砥尚至今仍然斷言他充滿確信。

「必須改正錯誤……但既然充滿了確信，就不可能回頭。」

「是啊……真不愧是砥尚主上，在這個節骨眼還能安撫官吏，這不是凡人能夠做到的事——當不信任對方時，其實是自己感到迷惘嗎？原來如此。」

青喜獨自點著頭，圓潤的臉頰上擠出了酒渦。

「主上果然不是凡人。砥尚不可能輕易失道，一定不可能。」

「是啊。」朱夏不安地笑了笑。

2

雖然朱夏深感不安，但大部分官吏看到了砥尚充滿確信的言行，都擺脫了迷惘，重新振作起來。采麟失道的消息一定有什麼誤會，即使真的如此，只要更加努力，就可以讓才國重新站起來，采麟的病也一定會痊癒。整個朝廷上下都充滿樂觀的氣氛，國府再度恢復了活力，朱夏卻深陷痛苦。

砥尚比以前更積極指導國府。雖然他很有決心，但反而導致國政陷入了混亂。他的言行並不像他說得那麼充滿確信，反而經常舉棋不定，一再發生朝令夕改的情況。朱夏認為這是砥尚得知采麟失道的消息後感到慌亂，迷失了自我。

然而，不知道故意還是無意，從砥尚的行為中，仍然看不出他意識到自己已經走入了絕境。只要有人指出砥尚的混亂，立刻會遭到嚴厲斥責。但在大司寇因為法律的朝令夕改而無所適從，向砥尚提出諫言，砥尚暴跳如雷，破口大罵，最後撤換了大司寇後，官吏不得不再度承認之前逃避的現實——砥尚果然漸漸走向失道。

在官吏再度士氣低迷之際，某日晨鐘時分，朱夏被青喜搖醒了。

「青喜？」

「對不起，打擾您休息。請您立刻起床，小宰來了。」

朱夏驚訝地坐了起來。天官廳次官在天還未亮之際特地前來，必定有重要的事。

「有什麼事？」

「好像是不便公開之事。小宰似乎很不安，我去客廳安撫他，讓他心情平靜，請您盡快趕來。」

「榮祝呢？」

「您休息之後，哥哥也回來了，正關在書房內。您穿衣服需要一點時間，我會看時間去叫醒他，不然哥哥太可憐了。」

「對啊。」朱夏點了點頭，慌忙換衣服。她發現自己穿衣服的手在發抖，腦海中浮現采麟的事。該不會——已經？

她幾乎帶著暈眩走出臥室，趕到客廳。看到小宰蒼白的臉，正想開口問發生了什麼事，榮祝衝了進來。

「發生了什麼事？」

小宰渾身發抖地跪了下來。

「冢宰，請您立刻前往左內府。」

「台輔……發生了什麼事？」

榮祝似乎也在擔心這件事，但小宰搖了搖頭。

「不是台輔，是太師——太師去世了。」

朱夏和榮祝驚訝地互看了一眼。砥尚在登基的同時，讓父母、兄弟和親戚都加入仙籍，並賜予官位，進入王宮。砥尚的父親大昌原本就是德高望重的人，他的弟弟和妹妹也都品德高尚，尤其是他的妹妹慎思更是如此，砥尚的弟弟馴行也在高斗時代就支持砥尚。砥尚分別賜予這些親人官位，父親大昌為三公之首太師，慎思為太師之下的太傅，馴行則是末席的太保。他們按照慣例，在王的親戚居住的東宮內各有宮殿，不可能有出人意料的災難降臨住在東宮的大昌身上，更何況他加入了仙籍，不可能突然生病。

「怎麼會有這種荒唐事？為什麼？」

「因為……有人將太師的首級……」

朱夏驚叫起來。榮祝跳到小宰面前。

「不可能！難道太師被殺了嗎？」

「是。」小宰磕頭說道。

這是在未明之際發生的事。王宮深處的長明宮內，慎思找到了住在那裡的下官，神色慌張地說，正殿的情況很異常。

慎思和砥尚的父親大昌一起住在長明宮內。大昌住在正殿長明殿內，慎思住在其他殿。慎思察覺到奇妙的動靜後醒來。她可能聽到了什麼動靜，也可能是第六感察覺到不對勁，總之，她自己也搞不太清楚原因，但在半夜突然醒來，沒來由地擔心大昌所住的正殿的情況，於是前往長明殿。「當我走進堂室時，發現了這個。」慎思對跟著她趕到長明殿的下官說。

下官向堂室內張望後大驚失色，室內家具倒地，血跡斑斑，地上有一灘血。大昌的屍體倒在血泊中，脖子幾乎被砍斷了。

「……我母親發現的？母親大人怎麼樣？」

「雖然很受打擊，但目前很平安。」

下官叫醒了其他同僚，請他們照顧慎思，想要去找在東宮門殿值班的夏官，但他發現長明宮的門敞開著，在門殿值夜班的兩名門衛也和大昌一樣，遭到了殺害。

「……所以並不知道是誰出入嗎？住在東宮的其他人呢？」

「大家都在各自的宮內，但不見太保的身影。」

「太保——馴行大人？」

「是。」小宰點了點頭，抬起蒼白的臉。

「下官正在尋找，但遲遲沒有找到。去問了太保居住的嘉永宮的下官，下官說，太保說要去找太師後出了門，之後就沒回來。」

一陣意味深長的沉默。王的父親死了，王的弟弟失蹤——這到底代表了什麼意義？

「該不會……？」

朱夏嘀咕著，看著榮祝，但立刻搖了搖頭。這不可能。馴行和哥哥砥尚的個性完全相反，樸訥謹慎。馴行怎麼可能殺人？更不可能殺害他的親生父親大昌。

榮祝似乎猜到了朱夏的想法，點了點頭。

「總之，必須找到才行。主上呢？」

「已經稟報主上。因為這件事非同小可，所以就先稟報主上——然後讓六官長也知道這件事。主上和太傅、太宰一起在左內府等候冢宰，目前的首要任務是緊急商討對策。」

「我馬上去。」

榮祝說完，俐落地穿戴整齊，趕往內殿的左內府。朱夏送榮祝出門，茫然地坐在主樓的地上。

——這是怎麼回事？

在眼下王朝荒廢，眾臣不知所措之際，竟然發生了如此可怕的事。而且偏偏是王的父親遭到殺害，而且王的弟弟消失無蹤。他們所住的東宮位在戒備森嚴的王宮最深處，除了王和住在那裡的人，以及負責照料他們生活起居的天官以外，是任何人都不得入內的禁區。慎思雖然是榮祝的親生母親，就連榮祝也從來沒有去東宮找過母親。戒護他們安全的夏官也只在東宮門守衛，因為東宮位在王宮的最深處，只要守住大門就安全無虞。

（為什麼……）

朱夏蹲在冰冷的地上，發現一個茶杯遞到自己面前，茶杯內發出宜人的芳香。

「今晚您的姿態真低。」

「……青喜。」

「姿態低是好事，但小心身體著涼。」

青喜臉頰上浮現著酒渦，他牽著朱夏的手，讓她坐在椅子上。

「您先心情平靜下來，因為看起來不像是謀反。」

「不是……謀反嗎？」

「謀反殺太師有什麼用？」

「對……也對。」

朱夏說著，拿起了茶杯。捧在掌心的茶杯很溫暖。

「這樣的確稱不上是謀反，所以，是有人基於私怨……做這件事嗎？到底是誰？」

「不知道，但基本上，除了住在東宮的各位以外，只有照料他們生活的天官、守衛東宮門的夏官和士兵才能出入東宮。」

「是其中某個人下的手嗎？」

「應該是，但真的會有這種事嗎？太師不像是會和別人結私怨……而且，進入東宮時不得帶劍，雖然守東宮門的夏官身上佩刀，但不能帶刀踏進門的內側，就連主上都不能帶劍入內——除了住在東宮的人以外。」

朱夏手上的茶杯差點滑落在地。

「青喜——該不會……！」

「但不可能是住在東宮的人——請您聽我說完。」

「喔……也對。」

「長明宮的門衛之所以遭到殺害，代表有外人想要闖進東宮。門衛在門殿內通宵值班，如果不是住在東宮的人前往長明宮時，首先必須經過東宮門。既然已經在東宮門被看到了，被長明宮的門衛看到也無所謂啊。」

「青喜，由此看來，果然是東宮的人下的手嗎？」

「我就說了嘛，」青喜笑了起來，「您要聽我把話說完——如果是東宮以外的人，必定會經過東宮門，那裡有人通宵值班，不可能不被人看到就偷溜進去。況且是在深夜，必須請門卒開門才能進去。按照這個邏輯，應該是住在東宮內的人，但東宮的宮殿各自獨立，分別有各自的大門，每道門前都有門衛守衛，到了晚上，就會關大上門，有人住在那裡守門。如果東宮中有人前往長明宮，首先必須離開自宅的那道門。」

「是啊……」

「對不對？但是，行了凶的人要如何瞞過自己宮殿的門衛？」

「那……就像長明宮的門衛一樣……」

「如果殺人滅口，恐怕不太妙吧。雖然一旦殺了門衛，他們就永遠都開不了口了，但只要門衛被殺，就代表住在那裡的人曾經離開。」

「是啊。」朱夏點了點頭。

「既不是住在東宮的人，也不是東宮外的人，那到底是誰？」

「以目前的情況來推斷，失蹤的太保最可疑，但我認為不可能是馴行大人。」

青喜說完，突然偏著頭，他的臉上浮現出難以形容的奇妙表情。

「……怎麼了？」

「不……沒事。只是突然想到奇怪的事，應該毫無關係。」

「是什麼事？」

青喜遲疑了一下，又聲明說：「我認為真的沒有關係。」然後露出為難的笑容說：「因為我想到還有另一道門。」

「另一道門？」

「對，在東宮深處。」

朱夏張大了眼睛——東宮深處的確有另一道門，那是後宮通往東宮的門，只要走那道門，就可以不經由東宮門，直接進入東宮。

「砥尚……」

只有砥尚可能做到。砥尚夜間在王的居宮正寢休息，正寢的後方就是後宮，沒有妻妾的砥尚後宮完全無人，後宮的深處又有一道可以通往東宮的門。後宮目前所有的宮殿都關閉，也關閉了出入的門，那裡並沒有門衛。也就是說，住在正寢的人，只要打開閨門的門閂，就可以神不知，鬼不覺地進入東宮。

「您的臉色不要那麼可怕，您別亂猜，這一定是不重要的小事。」

「但是——」

朱夏的腦海浮現了一個畫面。砥尚因為大司寇的諫言暴跳如雷，對他破口大罵。砥尚這一陣子雖然意氣軒昂，但顯然亂了方寸。如果大昌向砥尚提出諫言，最後發生了爭執——

「不行不行，不管是東宮還是後宮，都只是用牆壁隔開而已。王宮內雖然規定不可以騎騎獸，但只是慣例，並不是完全不行。只要有會飛的騎獸，牆壁根本形同無物，甚至其他國家的人也可以飛越王宮周圍的雲海，闖入東宮。牆壁和門只是在形式上隔絕東宮，並無法發揮實際的阻擋作用。」

「是……是啊。」

青喜用力點著頭，然後微微皺起了眉頭。

「但我更擔心台輔，希望不會因為王宮內發生這樣的事，對她的身體造成傷害。」

3

翌日，天官公布了太師登遐的消息，但並沒有提及死因。照理說，太師不可能會死，所以官吏聽到他的訃告都不知所措，臉上露出強烈的不安。這一天，砥尚並沒有在朝議中現身，隔天也沒有參加，直到傍晚，才酩酊大醉地出現在采麟正在靜養的節州府，令官吏惶恐不安。那天晚上，朱夏和青喜一起被叫到左內府。

和天官一起守在左內府的榮祝滿臉疲憊不堪。自從得知大昌的訃告以來，榮祝就無法回到官邸。不光是榮祝，天官、夏官和秋官在那天之後，始終在內殿和外殿之間奔波，根本無暇闔眼，榮祝當然疲憊不已，只是朱夏看到多日不見的丈夫滿臉憔悴，仍然感到不小的驚訝。

「我有一件事想要問你們，尤其是青喜。」

「我嗎？」

榮祝說完，讓青喜坐在椅子上，自己也在桌子對面的椅子上坐了下來。太宰和小宰等人也在一旁。

「聽說太師辭世那一天，你曾經和太保交談？」

青喜眨了眨眼睛。

「和太保——喔，對啊。那天我把您的衣服送來這裡，回家的路上在松下園見到他，我們在涼亭旁稍微聊了幾句。」

「聊了什麼？」

朱夏不安地插嘴問：

「這到底是怎麼回事？有沒有太保的消息？」

「至今仍然下落不明……那天晚上，太保和太師、太傅一起去了三公府，之後回到嘉永宮，但又立刻出門了。聽太保的近侍說，太保出門時交代，他要去長明宮，不知道幾點會回來，時間到了就關門，然後就沒再回去，也沒有經過東宮門，完全不知去向。」

榮祝皺著眉頭告訴他們，大昌的屍體被人從背後砍了一刀。對普通人來說，那是致命傷，但不知道該算幸運還是不幸，大昌是仙，當他四處逃命時，又連續挨了數刀。大昌身上共有大小不一的六處刀傷，當他倒地後，砍向脖子的那一刀奪走了他的生命。

「或許是因為這個關係，長明殿內血跡四濺，不光是堂室內，就連迴廊內都有血泊——但是，大司馬察看現場的情況後，說了很令人在意的話。他說如果只是一個人的血跡，量似乎太多了。」

「該不會連太保也……？」

「不知道，原本鋪在堂室的地毯消失了，也許太保也遇害，屍體被人搬走了。或是太保解決了凶手，太保因為意識到自己的罪行而驚慌失措，最後決定逃走。還有另一種可能，太保殺害了太師，但凶手不止一人，所以就殺人滅口。」

「怎麼可能——太保不是這種人。」

朱夏大聲說道，榮祝重重地嘆了一口氣。

「……朱夏，之前有傳聞說，太保對主上有叛意。」

「啊！」朱夏驚叫起來，「怎麼可能？」

「我也不敢相信，所以一直認為只是傳聞而已。他對優秀的哥哥心生嫉妒，在主上執政遭遇瓶頸時趁機作亂，我以為只是心胸狹窄的人胡亂猜忌，所以並沒有當一回事，沒想到……」

榮祝沒有繼續說下去，然後轉頭看著青喜。

「所以我想要問青喜，你在松下園和太保聊了些什麼？太保是不是和平時不太一樣？」

「沒有，」青喜說到一半，突然吞吐起來，「不對，被您這麼一問，我想起太保那天好像的確和平時不太一樣。」

案發當天，太陽快下山的時候，青喜離開內殿左內府，穿越松下園準備回家時，看到馴行坐在迴廊旁的涼亭內。馴行似乎在沉思，青喜不太敢打擾他，但又不能無視他，所以就跪著向他請安。馴行主動和他聊天。

「青喜，好久不見。你怎麼會來這裡？」

馴行原本凝重的臉上露出笑容問青喜。太保馴行的官位比青喜高很多，但之前都由太傅慎思養育長大，所以從高斗的時代開始，關係就很親密。

「好久不見，我剛才送換洗衣服給哥哥。」

青喜回答道。

「是喔。」騶行應了一聲，然後皺起眉頭，「聽說榮祝連日都住在左內府，他一定很難過。」

「只要有關主上的事，哥哥就很容易操心。」

青喜笑了笑，騶行也跟著笑了起來，然後沮喪地重重嘆了一口氣。騶行原本就很瘦小，那天的臉色比平時更差，看起來更矮小、更無助了。

「……如果主上能夠冷靜地聽取榮祝的意見就好了，最近的主上有點亂了方寸……」

「主上可能也感到很焦急吧。」

「希望如此。」騶行低聲說道。「如果主上瞭解自己目前所處的狀況，為此感到焦急，旁人也不知道該怎麼安慰，但我不認為如此……我一天比一天感到不安，難道只有我有這種不敬的想法嗎？」

「不安嗎？」

騶行老實地點了點頭。

「台輔身體不適，不正代表了主上走的路在某個地方出了差錯嗎？但主上堅稱他很有自信。」

「……喔……喔，對啊。」

「我的確不認為主上走了邪道，但不走邪道並不等於走在正道上。如果主上走的是正道，台輔的身體就不可能出問題，國家也不可能持續混亂……」

「嗯。」青喜不置可否地回答。

「──正因為主上自己也瞭解這一點，所以才會感到痛苦，也才會感到煩惱。主上多次徵詢父親和姑姑的意見，甚至還徵求了我的意見，這一陣子卻說自己充滿了確信，而且還那麼頑固。」

砥尚在去年底之前似乎極度煩惱，青喜也聽說他經常去慎思等人所在的三公府和東宮。

三公和采麟共同輔弼王，官吏雖然位在宰輔的下位，但並不是輔助宰輔，而是王的諮詢師和教師。砥尚頻頻造訪三公，甚至前往三公的居宮，就代表砥尚深陷煩惱。然而，砥尚突然表現出積極的態度，新年之後，采麟經常身體不適，朝廷內議論紛紛，認為可能是最糟糕的疾病前兆。

青喜陷入了沉思，然後突然抬頭看著馴行。

「聽說太保將台輔賜予的華胥華朵獻給了主上嗎？」

砥尚的煩惱其實就是理想到底是否正確。他認為自己朝著理想邁進，但國家絲毫沒有走向理想中的國家，所以，華胥華朵能夠導正他的理想，在砥尚的夢境中出現理想的國家應有的樣子。

馴行點了點頭。

「因為主上似乎很迷惘，所以我希望能幫一點忙，以為華胥華朵或許可以消除主上的迷惘……」

「主上沒有用華胥華朵嗎？」

「不清楚。只是我獻給主上時，主上好像很不高興，斥責我說，為什麼把他賜給台輔的東西要回來，難道要讓他蒙羞嗎……？」

「啊喲。」

「雖然主上還是收下了，但可能又交還給台輔了。」

「應該不會……不久之前，姊姊見到台輔，說台輔手上並沒有華胥華朵。」

朱夏說，台輔抱著一根枯枝取代華胥華朵，那根醜陋的枯枝刮傷了采麟的臉——讓人覺得既不忍，又悲傷。

「是嗎？那可能是用了華胥華朵，才會表現出那樣的態度吧，在時間上也剛好吻合。」

青喜眨了眨眼睛。

「這是……怎麼回事？難道華胥華朵向主上保證，主上的理想並沒有錯嗎？」

「不可能。」

馴行難得斬釘截鐵地說道。

「——相反地，正因為不是這樣，主上才會表現出那種態度吧。」

「啊？」

「主上之前都從來沒有出錯，永遠都是對的，這讓我備感不安。從來沒有犯過錯的人，當犯下唯一一次的錯，而且還是在國政這件大事上犯錯時，能夠承認嗎？」

「喔，原來是這樣。」青喜點了點頭。砥尚至今為止，應該沒有因為自己犯錯而失敗的經驗，所以很可能和一切失敗的證據對抗，更堅持自己的正義——這種情況完全有可能發生。

青喜嘆了一口氣，他的嘆息自然變得很沉重。如果不願意承認失敗，砥尚就無法回頭了。如果繼續一意孤行，砥尚的命運很快會走到盡頭。砥尚是榮祝和朱夏的朋友，也是青喜眼中值得尊敬的領導者，同樣在慎思的照料下長大，如今，砥尚將和采麟一起走向不歸路——

「為什麼會這樣……主上到底犯了什麼錯？」

「青喜，難道你從來沒有懷疑過我哥哥的正道嗎？」

被馴行這麼一問，青喜感到意外地偏著頭。

「沒有……太保，您曾經有過嗎？」

青喜問道，馴行沉默片刻，似乎在猶豫，然後指了指自己身旁問：「要不要坐下？」青喜在涼亭角落坐了下來。

「我對我哥哥努力的目標到底是不是理想國家這件事存疑，不瞞你說，我一直都存疑。」

馴行說完，用好像快哭出來的表情笑了笑。

「你一定覺得，我現在說這些太卑鄙了，我也覺得自己很卑鄙，即使如此，我……」

「我不會這麼想……」

馴行一直很崇拜這個傑出的哥哥，當砥尚高舉起高斗的旗幟，他立刻加入，即使被人嘲笑比哥哥魯鈍，也從來不反駁，願意為了砥尚粉身碎骨，他不可能在哥哥面前表達異議。

「是嗎？」馴行低下了頭，似乎鬆了一口氣。

「……我感到一絲疑問，因為哥哥談論的理想國家太出色了，就像這座園林。」

驅行說完，指著從涼亭框窗外的松下園。

「那是很深奧的溪谷風景，有綠意盎然的假山，有用美麗的石頭打造的完美山峰，清泉從斷崖湧出，傾瀉而下。深山幽谷——這裡打造出這樣宜人的風景，對不對？」

「嗯……應該吧。」

「但是，山峰還沒有房子的屋簷高，一切都比實際小，因為那只是人工打造的風景。正因為規模小，所以可以人工打造，也可以整理得這麼井然有序。溪流旁的松樹樹枝造型都很優美，完全不見任何雜草，也沒有垃圾汙染溪水，這片景色完全消除了所有不好看的東西……」

驅行站了起來，看向框窗外，然後回頭看著青喜說：

「像我這種沒有才氣，其貌不揚的人不屬於這片風景。」

「太保，您……」

「青喜，不需要安慰我，我有自知之明。哥哥的確很傑出，事事成功，不會犯錯，和我完全不同。哥哥總是告訴我他理想中的才國，那真的是非常出色的國家，但我有點寂寞，因為像我這樣的人無法在哥哥所描述的才國中，找到自己的容身之處。」

驍行緊緊握住了雙手。

「但是，這個國家像我這樣的人應該占了大多數。」

「但是……」

「哥哥很優秀，朱夏和榮祝也是——參加高斗的人個個都很優秀，我自嘆不如，但是，大部分百姓都是像我一樣的人，在大家眼中，都是魯鈍笨拙的小人物。」

「太保，哥哥和姊姊絕對沒有……」

驍行用力搖頭。

「現實的人都有瑕疵，都有缺點，無法每個人都像哥哥那麼完美，我覺得哥哥談論的理想，就好像在打造這座園林一樣，但是，建設一個國家並不是建造深山幽谷這麼簡單，現實生活中，並不是這種小石頭。人類真的能夠移動真正的岩壁，打造出美麗的山峰，移動河川，移動樹木，調整出自己想要的風景嗎？」

「這……應該不太可能。」

「我覺得哥哥所談論的才國，就像是美麗的夢幻，但我認為這才是理想，理想的才國不可能實現，我以為哥哥也知道這件事，而且隨時記在腦海，只是努力向理想的方向邁進——這就是理想，所以理想可以很遠大，正因為遠大，所以才稱為理想，我一直以為是這麼一回事。」

「是啊……」

「但是，哥哥想要實現這個理想，但是——這個國家，對我而言簡直就像牢獄。」

「太保——」

「難道不是嗎？哥哥所描繪的那個國家，根本容不下愚蠢而無能的人。官吏個個都必須大公無私，勤懇有能力，絕對不會貪圖私利。所有百姓都遵守法紀，善良謙虛，勤勞勇敢。除此以外的人，根本沒有容身之處，那這些百姓到底該去哪裡？趕出這個國家嗎？還是殺了他們，還是隨時監視、矯正，讓他們絕對不生歹念，不偷懶嗎？」

「呃，那有點……」

「如果這就是哥哥想要打造的國家，對我來說就是牢獄——我理想中的國家並不是這樣，而是能夠包容一點懶惰、小奸小詐和愚蠢無能的國家。這一陣子，我認為這才是真正理想的國家。」

「也許是這樣。」

「但是，哥哥至今仍然朝向自己心目中的理想邁進，希望能夠將理想變成現實。他朝向不可能實現的理想目標邁進，對此沒有絲毫的疑問。我認為哥哥錯了……我也這麼告訴他，但他完全聽不進去……」

青喜抬頭看著馴行，他的臉上充滿悲壯的表情。

「……太保說到這裡，突然住了口，雖然我當時心裡有點不太舒坦，但還是告退了，之後就沒再見過他。」

青喜說完，榮祝心情沉重地陷入了沉默。青喜不安地抬頭看著榮祝，朱夏插了嘴。

「……太保所說的話的確是在批判主上……但是，即使太保對主上有叛意，為什麼要殺害太師呢？」

「是啊。」

「還是說……」朱夏差一點脫口而出，幸好及時住了嘴。

馴行從三公府回來後就去了長明宮，難道不是去把自己的想法告訴太師——也就是他的父親大昌，或是去和太師商量嗎？大昌認為馴行言之有理，所以把砥尚找來。父子兩人勸諫砥尚，結果發生了爭執。情緒激動的砥尚殺了大昌，馴行驚慌失措地逃走了，因為擔心砥尚對自己不利，逃離了王宮。

「對……我不認為是太保下的手，因為太師的脖子被砍斷了。」

榮祝訝異地點了點頭。

「太保有能力砍下別人的頭嗎？馴行大人從高斗的時候開始就不擅長拿武器，你應該也記得吧？」

即使必須和百姓並肩作戰的時，馴行也因為害怕，不願意拿武器，有些人還因為這件事，在背地裡嘲笑馴行懦弱膽小。

「嗯……沒錯。」

「馴行根本很少拿武器，也不擅長劍術，能夠一刀讓太師身負重傷，然後再砍下他的腦袋嗎？」

榮祝陷入了沉思。

「……這的確需要精通劍術的人才有辦法做到。」

「那不是太保，榮祝，太保不可能做到。」

「也許吧。」榮祝點了點頭，然後看向半空。

「如果不是太保，那會是誰呢？」

榮祝嘀咕著，但立刻瞪大眼睛，驚訝地看著朱夏。朱夏輕輕點了點頭。榮祝也發現了這個可怕的可能性。

榮祝驚慌地看著太宰等人，然後重重地嘆了一口氣。朱夏也失意地嘆著氣。

就在這時——

堂室的門突然打開了，全副武裝的禁軍士兵衝了進來。左軍師帥走在最前方，把一封書狀遞到他們面前。

「冢宰、大司徒，以及太宰和小宰意圖謀反，奉令加以拘禁。」

4

朱夏滿臉愕然，榮祝和其他人也一樣，異口同聲地抗議，這到底是怎麼回事，但他們的抗議無效，朱夏和其他人都被綁上了腰繩，關在左內府的一個房間內。直到小司寇現身後，他們才知道是怎麼一回事。大司寇遭到撤換後，至今仍然無人接替該職，只能由小司寇暫時負責指揮秋官。

「太保企圖大逆，並殺害了知情的太師，逃離宮城。還有，大司徒！」

小司寇面無表情地叫了一聲，被腰繩綁住的朱夏抬起了頭。

「目前已經查明，妳和太保勾結，和台輔聯手捏造失道的傳聞。」

朱夏啞然失色，開口說道：

「請等一下，你是說——台輔身體不適是假的？」

難道他是說，采麒謊稱自己身體不適，和采麟勾結的朱夏利用和她見面的機會，證實她已失道嗎？竟然說采麟也協助謀反。哪個國家的麒麟會向自己國家的王舉起叛旗？朱夏想要大叫，小司寇簡短地打斷了她。

「不需反駁。」

雖然小司寇語氣強硬，但臉上充滿苦澀的表情。小司寇也不相信這些離譜的說法——

「冢宰藉由自己的小胥和太保串通，已經有人目擊，小胥多次和太保密會。」

「等一下。」青喜叫了起來，但小司寇並沒有理會他。

「同時已經查明，太宰、小宰——以及當天負責東宮門警衛工作的禁軍左軍將軍都協助馴行行凶，協助其逃離現場，並和冢宰勾結，將太師的死偽裝成意外猝死，試圖掩蓋凶行。」

小司寇垂下雙眼，照本宣科地淡淡陳述著眾人的罪狀。

「在秋官著手審理之前，所有人必須留在家中。雖然基於人性考量將予以鬆綁，但士兵將封鎖官邸，不得離開官邸，也不得與外人接觸。」

小司寇說完後，瞥了朱夏等人一眼，然後低下了頭，似乎在表達內心的歉意。榮祝被一臉納悶的士兵拉起來時，靜靜地問了一句話。

「我只想請教一個問題，」

背對著他的小司寇沒有回答。

「……這是主上的結論嗎？」

小司寇仍然沒有回答，只是深深地低下了頭。

朱夏等人被綁著繩子，帶到燕朝南側的官邸，來到主樓時，才終於為他們鬆了綁。門從外面鎖住，全副武裝的士兵包圍了主樓。

「哥哥，姊姊，對不起，都怪我。」

一走進堂室，青喜用快哭出來的聲音說道。

「因為我和太保聊天，才會連累你們。」

「青喜，並不是這樣。」

朱夏摟著坐在地上的青喜肩膀。

「當然不是你的過錯。」

「但是……」

朱夏搖了搖頭，然後抬頭看著榮祝。

「榮祝，這是……？」
朱夏雖然這麼問道，但其實不必發問，也知道了結果。砥尚認為馴行意圖謀反。不知道大昌遇害的那天晚上到底發生了什麼事，也許正如朱夏所猜疑的，大昌和馴行的諫言惹惱了砥尚，因而雙雙慘遭砥尚的毒手。也可能砥尚和那起事件毫無關係，馴行殺害大昌後逃之夭夭。無論是哪一種情況，砥尚都認定馴行如傳聞所說，企圖做出大逆之舉。因為馴行曾經和青喜聊天，所以榮祝也被懷疑是共謀。榮祝的妻子，唯一和采麟見過面的朱夏也被懷疑是共犯。
「砥尚為什麼……？」
榮祝茫然地坐在椅子上。
「竟然連台輔也懷疑，簡直亂來。砥尚簡直瘋了。」
「他當然瘋了。」榮祝低聲嘀咕道：「因為他是失道的王。」
朱夏倒吸了一口氣。
「大逆是死罪，我們必須做好心理準備。」
「砥尚真的要殺了我們。砥尚真的這麼相信嗎？他竟然相信馴行大人會謀反，也相信我和你是共犯。」
「既然他連台輔也懷疑，還有誰不能懷疑的？」

榮祝無力地說道，看著朱夏和青喜。

「朱夏，砥尚說的沒錯。」

「他說得沒錯？」

「無法相信對方時，其實不是對對方失去了信心，而是對自己失去了信心。砥尚並沒有懷疑馴行，只是因為知道自己失道，所以才會認為馴行大人的謀反並非不可能的事……」

「怎麼會這樣？」

「在目前的狀況下，最痛苦、最不知所措的就是砥尚。砥尚有著遠大的理想和自負，但還是失敗了。砥尚雖然假裝不承認自己的失敗，但他深切瞭解，才國並不是華胥之國，才國應該可以成為更好的國家，自己應該可以成為更好的王——最厭倦這種狀況的，不正是砥尚自己嗎？」

「是啊……」

「砥尚必定覺得，這簡直就和扶王差不多，既然這樣，有人意圖謀反也是理所當然，他必定覺得馴行、我和妳都輕視他、蔑視他、憎恨他，甚至想要討伐他。」

朱夏捂著臉——自己的確蔑視砥尚，也憎恨他。

「砥尚的命運的確即將走到盡頭。」

朱夏抬起頭。

「我們會怎麼樣？不，台輔會怎麼樣？」

「不知道，」榮祝低聲說道：「如果可以賜我們一死，至少我們不會看到砥尚的毀滅……」

翌日，朱夏和其他人聚集在堂室時，小司寇再度現身。他一走進堂室，就命令士兵從外側將門鎖住，滿臉悲傷地看著朱夏等人。

「……事已至此，深感抱歉。」

小司寇小聲說道，臉色鐵青地遞上書狀。

「主上要送台輔前往奏國。」

「怎麼會這樣？台輔的身體……」

朱夏說道，小司寇難過地搖了搖頭。

「想必……正因為如此，才要送台輔前往奏國。主上已經無法讓台輔繼續留在身邊。」

「唉。」朱夏呻吟道，砥尚已經無法忍受生病的采麟留在自己身邊了。

「兩位要負責護送台輔。」

小司寇說完，看著青喜說：

「兩位可以帶必要的隨從前往，將台輔送至高岫的奉賀，奏國將會派使者前來迎接。將台輔交給使者後，協助安頓好台輔後，兩位再回到揖寧。」

朱夏微微偏著頭，小司寇點了點頭。

「兩位回來之後，將按照大逆的相關法律，在審議之後處以刑罰。也就是說——主上並不希望兩位回國。」

朱夏說不出話。這是砥尚對多年戰友發揮的溫情，要求他們帶著采麟前往奏國，然後不要再回來。一旦回來，就要追究大逆之責，必須按照慣例賜死。

想到砥尚仍然珍惜自己的生命，不禁淚流滿面。砥尚至今仍然珍惜和榮祝、朱夏之間的友誼，然而，仍然必須追究大逆的罪責。想到砥尚無法一笑置之，認為不可能發生這種事的心境，不由得悲從中來。砥尚已經走投無路，無法傾聽戰友的諫言，傾訴內心的不安，共同協商，攜手重整王朝；已經無法充滿自信地斷言根本不可能有謀反的情事，認定別人一定輕視自己、蔑視自己，憎恨自己，所以企圖大逆，但仍然不忍心賜死——

小司寇雙手顫抖地將聖旨交給榮祝。

「請兩位……體諒主上的心意，不要再回來了。雖然遠離才國，等待王朝的末日是莫大的痛苦，但兩位一日回來，將會令主上背負更痛苦的罪行。」

「我知道。」榮祝低聲說道，握著小司寇的手說：「讓你為難了，我深知你的苦衷，由衷地向你道謝。」

小司寇深深地鞠躬。

「恕我不敬，代替主上祝兩位一切順利。」

翌日深夜，朱夏在宮城的大門皐門再度見到了采麟。

「台輔……您的身體怎麼樣？」

夏官放下了轎子，朱夏跪了下來，向轎內張望，采麟只是用漠無表情的眼神看著她。榮祝第一次看到采麟病弱的樣子，似乎感到愕然。無力躺在轎內的少女露出空洞的眼神，但一隻手仍然緊緊握著枯枝。為了避人耳目，采麟被轉移到陳舊的馬車上，只有三名隨行女官負責照顧采麟的生活。朱夏他們也坐上了偽裝得很寒酸的馬車上，因為擔心受到株連，青喜和其他六名下官也都和朱夏他們同行。他們默默地坐上了第三輛馬車。

深夜的皐門深鎖，周圍沒有行人，只有士兵包圍了三輛馬車。夏官握著馬車的韁繩，每輛馬車都有五名士兵隨行，不知道是護衛還是監視——或是兩者兼而有之。不一會兒，皋門靜靜地打開，朱夏和其他人出發離開了宮城，小司寇是唯一前來送行的人，一行人的出發如此冷清。

以馬車前往高岫要一個多月的時間，因為采麟同行，所以沿途無法投宿。一行人只能在馬車上休息，馬車日夜兼程前往高岫。馬車裝上了頂篷，雖然看起來很破舊，內部整備完善，只不過坐起來仍然不舒服，這一趟旅程也不輕鬆。

更痛苦的是，采麟的病情每況愈下。采麟宛如虛脫般倒在馬車的臥床上，有時突然清醒，同情百姓而落淚。哭累的時候，就開始怨恨砥尚，發出悲痛的聲音。因為三輛馬車同行，即使不坐同一輛馬車，朱夏他們也可以清楚聽到采麟悲鳴般的聲音。尤其旅行進入後半段時，照顧采麟的女官也都無法承受這份苦差事，哭泣不已，朱夏他們不得不代替憔悴的女官照顧采麟，如此一來，就無法捂住耳朵，也無法移開視線。

「朱夏，百姓都會死，國土將被鮮血玷汙。」

「台輔……您想太多了。」

「不，主上已經拋棄了才國，可怕的時代即將來臨。妖魔肆虐——除了妖魔會攻擊百姓，主上也會撕裂百姓。」采麟雙手握著枯枝，「不管是我，還是妳，都會被殺害。主上會用這種方式毀滅才國。」

「不會有這種事。」

朱夏只能痛苦地持續說謊，努力安撫采麟。

「主上擔心您的身體，怎麼可能加害於您。主上只是希望您在奏國好好養身體，請您放心。」

「不是，主上拋棄了我，拋棄了我們……朱夏，難道妳不知道嗎？主上會殺害無數百姓，奪走一切，然後拋棄一切。」

采麟傷心欲絕，朱夏只能不停地撫摸她的手。

「台輔，拜託您……」

「主上假裝自己是賢君——卻完全不為才國謀福，準備拋棄才國。當初還承諾要讓我看到華胥之國……！」

「台輔……」

「朱夏，我相信主上，等待了多年。主上說，日日夜夜都會更接近夢想的國度，沒想到反而越離越遠。才國完全不像華胥的國度，完全沒有接近一步，反而逐漸遠離……完全不顧當年曾經向我保證！」

采麟猛然抬起頭。

「啊啊……王氣又變弱了……」

「台輔。」

朱夏叫了一聲，采麟抱著朱夏說：

「拜託妳，趕快回揖寧，要協助主上……朱夏，妳為什麼棄主上不顧？主上正獨自沉淪。」

采麟被對砥尚的思慕和憎惡撕裂了。她前一刻訴說著砥尚是多麼優秀的王，自己選擇了砥尚是多麼幸福，但下一刻就咒罵砥尚，責備砥尚拋棄了百姓，隨即又責備朱夏拋棄了砥尚。

「真是難以承受……」

每次代替女官照顧完采麟，朱夏就在馬車上哭泣。

「姊姊……」

青喜擔心地把手放在朱夏背上，朱夏抬頭看著他。

「我能夠體會砥尚為什麼想要把台輔送到看不見的地方，因為真的難以承受。」

采麟的疾病證明了才國的失敗。這不光是砥尚一個人的過錯，而是朱夏等受到砥尚的重用，在朝廷獲得官位的所有官吏招致了采麟失道的結果。如果只是生病虛弱——如同見血之後，因為血的穢氣導致疾病——也許不會讓人這麼難過，但采麟的樣子太淒慘了，讓人無法正視——這的確就是失道，讓朱夏他們直接面對了自己犯下的失敗。

「那是我們所做的一切所得到的結果……但是，到底是為什麼？」

朱夏看了看青喜，又看了看榮祝。朱夏至今仍然不知道自己犯下了什麼過錯。

「我們的確一味追求理想，認為正道很明確，追求正道是理想，也認為只要高舉理想大旗，就能夠否極泰來。」

在朱夏和其他人認為的理想國府中，沒有任何官吏會利用職權謀取私利，所以只要有這種官吏，就立刻加以排除。然而，一旦罷黜這些官吏，國政就無法運作，因此，只能讓這些貪官復職。以結果來說，的確算是失敗，然而，這是朱夏和其他臣子——是砥尚的罪過嗎？

他們以為把貪官汙吏的罪行公諸於世，並加以懲罰，當事人就會意識到自己的罪行，在反省之後，對做出犯罪行為的自己感到羞愧。看到犯下同罪的人受到處罰，其他人也會洗心革面，完全沒有想到有人被追究罪行也絲毫不以為恥，遭到懲罰也死不悔改。這就是現實，朱夏他們對現實的認識太天真膚淺，如果因此導致了失敗，他們也只能接受。

「……但是，這是我們的罪過嗎？正如太保所說的，是我們打造了這座牢獄嗎？但是，我們並沒有強迫百姓要走正道，如果不服從，就加以屠殺啊。」

雖然撤換了那些專橫跋扈的官吏，但並沒有處以極刑。在審判時也發揮了溫情，絕對沒有悖逆仁道。然而，國家還是走向荒廢——如同采麟的病情。

在旅途中，到處看到百姓的窮困生活。雖然百姓窮困的原因有一半是因為地方官吏的壓榨，但另一半是朱夏的責任。她掌握了治理土地的大權，卻沒有讓百姓過豐衣足食的生活。在扶王的時代，幾乎所有的官吏都以滿足私慾為優先，完全不治理土地。百姓離鄉背井，農地荒涼、遭到淹沒的水路沒有修繕，被沖垮的堤防也沒有重新修建，官吏的壓榨讓市井荒廢。朱夏必須改善這一切，該做的工作很明確，然而，國庫沒有足夠的財力投入重整工作。百姓受到貪官的壓榨而陷入窮困，無法再課徵重稅。砥尚同情百姓，減輕了稅賦，也因此導致國庫沒有足夠的財力治理土地。

采麟生病、國土荒廢、百姓窮困——這趟旅行讓朱夏看到了自己犯下的錯。當看到高岫山時，朱夏終於安心地吐了一口氣。

5

高岫的奉賀位在才國東方，奏國的官吏和士兵等候在從才國通往奏國的大門前方。朱夏等人下了馬車，在才國士兵的守護下，沿著門道越過高岫。走在隊伍最前方的少女恭敬地行了一禮。

「我是宗王的公主文姬，來此迎接采台輔，為各位順利到達由衷地感到喜悅。」

「非常感謝。」榮祝向文姬介紹了自己和朱夏的身分，並為文姬前來迎接表示感謝。

「冢宰一路辛苦了，采台輔似乎也累了，我已為各位在奉賀附近的沙明山上準備了宮殿，請——」

文姬指著騎獸和騎獸上的轎子說道。騎獸載著他們很快從奉賀來到沙明，沙明山是貫穿雲海的凌雲山，走進位在山麓的城門，穿越隧道，來到雲海上方，那裡是一座不大的離宮和廣大的園林。

「這裡是避暑離宮，或許有點冷，但考慮到采台輔的身體，最後還是決定請各位在奉賀附近休息。」

文姬將采麟送去正殿，交給女官後，向朱夏和榮祝說道。

「非常感謝。」

朱夏道謝，文姬嫣然一笑。

「希望能夠幫到忙，如果有何不足或不便，敬請吩咐，不必客氣。因為擔心采台輔會感到不安，所以為冢宰夫妻準備了正殿旁的廂殿，不知是否妥當？」

「當然沒問題，感謝妳的費心安排。」

離宮的裡裡外外都有細心的安排，所到之處都插著鮮花，有許多下官隨時待命。朱夏一行人幾乎沒有帶任何行李，文姬吩咐下官除了衣物以外，還為他們備齊了所有生活用品。

「請各位先好好休息，我會在不礙眼的地方聽候吩咐，請各位暫時把這裡當成自己家裡好好休息。」

朱夏磕頭表達謝禮。

無論朱夏還是榮祝，身心都需要好好休息。文姬真心誠意地撫慰了他們，滋潤了朱夏宛如被銼刀銼傷的心，但也同時令朱夏感到極度悲傷。奏國的經濟堅若磐石，可以為他國的人提供如此良好的條件，令她感到難過不已。

——短短二十多年期間。

「沒想到朝廷在這麼短的時間內就沉淪了……」

朱夏隔著文姬為他們安排的堂室漏窗眺望著園林，難過地說道。

「在奏國人的眼中，我們一定很沒出息。」

送水果來款待他們的文姬不知所措地笑了笑。

「請妳千萬別這麼說，執政很不容易，尤其是革命後時日尚淺之際，更是困難重重。」

「是這樣嗎？」

「是啊。」文姬語氣堅定地說完後笑了笑，「朱夏大人、榮祝大人，不知兩位接下來有什麼打算？聽說兩位是很出色的官吏，主上很希望兩位能協助奏國的政務。」

「啊喲。」朱夏忍不住叫了起來，內心掠過一絲歡喜。才國已經沒有他們的容身之處，身為官吏的朱夏已死。未來的日子該怎麼辦——朱夏當然不可能不感到不安，同時也為自己身為官吏，沒有充分完成自己應盡的職責感到懊惱不已。如果能夠在像奏國這些國富民安的國家重新成為官吏，將是莫大的救贖。

然而，榮祝語帶冷靜地說：

「承蒙厚愛，但我們不能這麼做。我們必須為才國的崩潰負起責任，不能厚顏無恥地留在貴國。」

「但是，榮祝……」

榮祝堅定地搖了搖頭。

「朱夏，萬萬不可——我覺得差不多該告辭了。」

「這怎麼行？」朱夏叫了起來，「祇尚不是叫我們不能回去嗎？」

「的確如此，但我們不能因為砥尚的溫情就拋棄才國。我很清楚，我們一旦回去，就會因為大逆遭到處罰，但未必一定會死。既然砥尚要我們逃離才國，也許他會饒我們一命。」

「但是……」

「即使主上賜死，我們也是罪有應得。」

「我們並沒有大逆——」

「妳能斷言我們沒有大逆嗎？我們參加了革命，得到了不小的官位，卻無法協助砥尚，協助朝廷政務，讓百姓越來越痛苦，等於是做了不義之舉，對主上不忠。既然如此，說我們大逆也並無不當。如果因為大逆賜我們死，這也是無可奈何的事。」

「榮祝……」

「萬一砥尚免我們一死，也許我們還能為砥尚盡綿薄之力。雖然很難走回正道，但並不是完全不可能。我們可以為此努力，即使無法努力，只要還活著，在砥尚毀滅之後，才國更需要有人能夠協助百姓。扶持無王時代的才國，或許可以彌補對百姓的不義……難道不是嗎？」

朱夏沉默不語。

「砥尚叫我們把台輔送來奏國後回去，至少聖旨上如此寫著。既然如此，我們就必須回去——青喜，你覺得如何？」
榮祝回頭看向靜靜站在堂室角落的青喜，青喜輕輕吐了一口氣。
「我之前就隱約猜到您會這麼說。」
「你可以留在這裡。」
「開什麼玩笑，即使只有您獨自回去，我也絕對跟隨。如果沒有我，即使去刑場時，您也會睡過頭。」
榮祝笑了笑看向朱夏。
「為什麼？」文姬叫道，但朱夏點了點頭。
榮祝說得沒錯，是他們導致才國走向崩潰，也許是因為他們太拘泥於理想，沒有面對現實的不智所造成的結果。既然如此，更不能留在奏國苟且偷生，捨棄犧牲了百姓貫徹至今的理想。
——我們有義務為正道殉身。

雖然文姬表示挽留，但朱夏和榮祝在安頓好采麟後，立刻離開了沙明宮。朱夏、榮祝再三交代留下來的女官和下官要好好照顧采麟，帶著青喜離開了沙明山。文姬很不捨地為他們準備了騎獸。三名隨從跳上握著韁繩的騎獸，帶著朱夏等人只花了兩天的時間回到了揖寧。隨從在進入揖寧的城門前讓朱夏等人下了騎獸，對他們說了聲：「多保重！」隨即轉身離開。朱夏等人順利地進入城門，回到了王宮。因為朱夏等人原本就應該在送走采麟後回來這裡。

朱夏和榮祝走過五門，回到燕朝，向內殿報告歸來的消息。砥尚看到他們，露出黯然的眼神。

「……冢宰、大司徒，為什麼？」

送朱夏他們離開的小司寇用好像快哭出來的聲音問道。他送朱夏和榮祝回官邸時，用悲痛的聲音小聲問道：

「難道兩位打算就這樣接受審判嗎？」

「這是主上該決定的事，果真如此的話，也是無可奈何。」

榮祝說道，小司寇垂著頭。

「太宰和小宰呢？」

「正在聽候秋官的審判。秋官找盡各種理由，想要拖延審判，不願立刻做出結論。主上也沒有催促……」

「主上的情況如何？」

小司寇無言地搖了搖頭。

「主上看起來氣色很差。」

「主上飲酒過量，在朝議時也經常酩酊大醉……朝議期間也心不在焉，有時候會說一些莫名其妙的話，或是突然大叫，朝議幾乎無法順利進行。」

「怎麼會這樣？」朱夏嘆著氣。砥尚也病了。砥尚的朝廷以驚人的速度沉淪。

朱夏和榮祝在小司寇的護送下回到了久違的官邸。朱夏他們離開時很匆忙，幾乎沒有帶走任何東西，但可能被人闖了空門，家中已經不見任何值錢的東西。

「怎麼會這樣？」

小司寇說不出話，榮祝安慰著他。

「不必在意，官吏似乎人心惶惶。我們的財產不足掛齒，但要小心提防，避免王宮內的寶物遭人竊取，因為那些寶物屬於未來拯救才國的新王。」

榮祝說完，小司寇皺著眉頭，深深鞠了一躬。

6

朱夏和榮祝在家中靜候審判。從主樓看到的園林已經出現初夏風情。自從成為官吏，獲賜這棟官邸後，朱夏直至今天才有閒暇時間好好打量眼前的園林。埋頭苦幹了二十餘載，經常只能在朝議時見到榮祝，久而久之，這一切變成了理所當然。至今為止，幾乎從來沒有和榮祝、青喜一起靜下心來看著這片園林——或許因為已經對最壞的情況做好了心理準備，朱夏可以平靜地思考這些事。

等了兩天後，小司寇在正午過後趕來宮邸。

「冢宰，如果方便的話，是否可以請您換上這套衣服和我同行。」

小司寇遞上奄奚穿的袍子。

「發生什麼事了？」

「找到太保了。」

「啊！」朱夏叫了起來。

「馴行嗎？他目前人在哪裡？」

「水陽殿……已經去世了。」

朱夏倒吸了一口氣。小司寇向他們說明了情況——天官得知朱夏他們的宅邸遭竊後，聽從了榮祝的建議，確認了王宮內的財物。調查後發現，貪官汙吏發現砥尚的王朝來日不多，開始四處掠奪。雖然尚未波及王宮深處——路寢和燕寢，但天官、秋官在協議後，決定加強巡邏，天官在後宮深處——北宮主殿的水陽殿巡邏時，聞到了強烈的屍臭味，最後發現了太保的屍體。

馴行的屍體被地毯裹住，塞在水陽殿的小屋內，已經死了多日，腐爛情況十分嚴重，幾乎無法辨認原形，最後從屍體的衣物判斷是馴行。

「已經查明裹住屍體的正是長明殿的地毯，從屍體的情況判斷，太保果然在太師去世前後遭人殺害，華胥華朵也一起裹在地毯內。」

「華胥華朵？」

「是，而且已經折斷缺損。可能是遭砍時放在懷裡，總之，幾乎無人可以進入北宮，只有——」

「……主上。」

小司寇默默點頭。

「因為事關重大，所以不敢上奏主上，太宰、小宰也不在，不知接下來該如何處理，必須有人出面指揮……」

「母親大人——太傅呢？」

「已向太傅稟報，太傅指示私下請求冢宰指揮。」

「是嗎？」榮祝小聲嘀咕後，從小司寇手上接過了袍子。

「……那我去看看，稍候。」

榮祝走進臥室後，站在堂室角落的青喜戰戰兢兢地問：

「呃……小司寇，是否可以請教一個問題。」

「什麼事？」

「華胥華朵折斷的部分找到了嗎？」

「沒有。」小司寇訝異地回答，青喜陷入了沉思。當身穿奄奚服裝的榮祝從臥室走出來時，青喜叫住了他。

「哥哥，請仔細檢查太保的身體，也許折斷的部分在太保的身體內——路上請小心。」

「……你為什麼那麼說？」

朱夏送榮祝出門後問道，青喜為難地縮起脖子。

「臨時想到，嗯，只是這麼覺得。」

「青喜，別敷衍我，你坐下，告訴我到底是什麼原因。」

青喜很不自在地在椅子上坐了下來，像挨罵的孩子般正襟危坐。

「因為……聽說太保的身體傷痕累累，而且是在太師遇害時，也同時遭到殺害。之前不是說，現場的血可能不止一個人的嗎？所以我猜想其中也有太保的血。」

「嗯……應該是吧，所以呢？」

「但是，殺了太保的人，為什麼把太師的遺體留在現場，卻只搬走太保的遺體呢？當然可能有幾個理由，但既然同時發現了華胥華朵，而且已經折斷，所以我猜想這就是原因。可能因為某種原因，華胥華朵刺進了太保的身體，結果不慎折斷，留在馴行大人的體內，所以凶手必須把馴行大人的屍體藏起來。」

「為什麼？可以把折斷的部分拔出來，如果不行的話，連同華胥華朵一起留在現場不就就好了嗎？」

「是啊。但是……我在想，凶手之所以把太保的屍體藏起來，是因為不希望別人知道華胥華朵在那裡。」

「為什麼？」

青喜沮喪地低下了頭。

「華胥華朵原本屬於台輔，馴行大人拿去獻給了砥尚主上，所以華胥華朵應該在主上那裡。」

「啊？」

「那天，我見到了馴行大人，當時他告訴我，已經把華胥華朵獻給了主上，之後就不知道華胥華朵的下落了。至少在那天之前，馴行大人沒有看過華胥華朵，所以問題在於什麼時候從砥尚主上的手中交到了馴行大人手上。」
「那天晚上，砥尚帶著華胥華朵前往東宮？」
「應該是。雖然無法確定，但也可能是砥尚主上命令下官送去，但如果砥尚主上帶著華胥華朵前往東宮，就絕對不希望別人知道華胥華朵在那裡。因為只有砥尚主上知道，不是別人，而是自己把華胥華朵送去了東宮。」
「所以……真的是砥尚嗎？」
「八成是。」青喜難過地回答。
「砥尚為什麼要這麼做？」
「到底為什麼呢？更不可思議的是，砥尚主上為什麼不光明正大地承認是自己幹的呢？」
「啊？」朱夏抬起了頭。
「因為砥尚主上是一國之王，即使砥尚主上殺了太師和太保，也沒有任何人可以審判主上。」
「那……是因為砥尚有潔癖，不希望別人知道自己做出了如此殘虐的行為，更何況是在朝廷動亂的這個時期。」
「即使如此，有必要隱瞞嗎？之前不是有傳聞說，馴行大人企圖謀反嗎？即使沒有這個傳聞，只要說馴行大人意圖謀反，所以取了他性命，不就了結了嗎？」
「一旦有人謀反，無論百姓或是官吏，都會懷疑砥尚身為王的資格。」
「但是，主上不是說，馴行大人有叛意，所以殺了太師，和妳、哥哥一起謀反嗎？不是還打算用這個罪名審判我們嗎？」
「……是啊。」
「我覺得不可能是不願說有謀反的情事。如果害怕自己犯下的罪，想要湮滅證據的話，與其把屍體藏起來，還不如說是謀反更有效。即使藏起屍體，砥尚主上也知道自己的罪行，但只要說不是自己的錯，而是馴行大人有錯，就可以不必再面對自己的罪行。」
「有道理。」朱夏點了點頭，「既然如此，為什麼要……？」
「不知道，但我很在意華胥華朵，為什麼砥尚主上帶著華胥華朵前往東宮？不，不光帶著華胥華朵……」
「不光是華胥華朵？」
朱夏眨了眨眼睛。
「當然。砥尚主上同時帶著華胥華朵和劍前往東宮。在路寢和燕寢，除了門衛和護衛的官吏以外，按照慣例，都不會帶劍，就連主上也只能在自己的居宮正寢帶劍。

在仁重殿和東宮，不管是主上還是護衛，都不可帶劍進入。」

朱夏大吃一驚。

「砥尚主上前往東宮時，就已經帶了劍。雖然不知道是否一開始就打算殺了太師和太保。」

砥尚打算前往東宮。他抓起劍，帶上華胥華朵，雖然無法因此斷定他有殺意，但至少可以代表他火冒三丈。只有在恐懼和憤怒時，出門時才會攜帶武器。他不可能感到害怕，至少那天晚上，只有瘦弱的老人和瘦小的男人在長明殿，而且兩個人身上都沒有劍，根本無法對砥尚構成威脅。

「砥尚必定怒不可遏……盛怒之下，拿起劍，抓了華胥華朵就前往東宮……」

「我猜想是如此，問題在於華胥華朵為什麼令砥尚主上盛怒。」

「砥尚是對馴行感到盛怒吧？他不是說，馴行從台輔手上拿回華胥華朵，讓他丟臉嗎？」

「那是馴行大人把華胥華朵獻給主上時的事，姑且不論當時，之後還會為這件事這麼憤怒嗎？」

朱夏陷入了沉思，突然想到一件事。

「砥尚是不是用了華胥華朵？然後知道自己理想中的才國並不是理想的國家，所以——」

青喜嘆著氣。

「也許吧……我也不清楚，雖然不知道理由，但我總覺得這件事和華胥華朵有某種關係。騶行大人把華胥華朵獻給主上，成為這一切的開端。」

「也許吧。」朱夏按著胸口，「既然這樣，榮祝也是同罪。」

「哥哥？為什麼？」

「因為是榮祝建議騶行這麼做的。」

青喜聽了朱夏的話，忍不住瞪大了眼睛。

「哥哥？哥哥建議的？」

「對……我想應該是。那天我剛好路過，聽到榮祝和騶行在說話。當時，騶行為無法向砥尚提供任何有助益的建議，完全無法幫助砥尚感到很沮喪，覺得自己是個沒用的弟弟，砥尚已經對他不抱希望，所以榮祝就向他提出這個建議。」

朱夏那天剛好從園林的樹叢後方經過，並沒有聽到他們所有的談話，只聽到榮祝說，把華胥華朵獻給砥尚，或許可以提供一些幫助。而且他會為這件事保密，騶行可以當作是自己想到的方法。

「怎麼會……」

青喜神情嚴肅，朱夏皺著眉頭。

「怎麼了嗎？」

「喔……不，沒事，只是有點驚訝……」

「你的表情不像是沒事，青喜，到底是怎麼回事？」

青喜似乎極度猶豫，頻頻巡視著堂室，然後又看向朱夏，似乎想要逃避。

「你趕快說，現在是非常時期。」

「呃……因為馴行大人斬釘截鐵地否認……」

「否認什麼？」

「就是啊，」青喜深深地吐了一口氣，「馴行大人和我見面時，我們聊到砥尚主上是不是使用了華胥華朵，確認了自己的理想，所以才會充滿確信。當時，馴行大人斬釘截鐵地否認說，絕對不可能，當時我覺得很奇妙。」

「為什麼？」

「因為馴行大人不是向來都很重視主上的意見嗎？砥尚主上說是白色的，他就跟著說是白色的，在和主上比較時，他總是覺得身為弟弟的自己很差勁……那天竟然會說得那麼堅決，讓我感到很意外。」

「那倒是。」

「而且，雖然我沒有根據，但我覺得馴行大人可能也用了華胥華朵。」

朱夏張大了嘴——這完全有可能。馴行為自己無法向砥尚提供建議感到沮喪，他拿到采麟賜給他的華胥華朵後，在獻給砥尚之前，完全有可能自己先使用。只要知道華胥之國到底是怎麼回事，就可以提供有效的助言。華胥華朵只有擁有采這個國氏的人才能使用，馴行是王的弟弟，當然擁有國氏。

「所以……馴行見到了華胥之國，確認了和才國——砥尚想要將才國帶向的方向不一樣嗎？」

「我猜想是這樣，所以才會那麼斬釘截鐵地否定，但是，果真如此的話，又覺得有點不對勁。」

「不對勁？」

「對。馴行大人看到了華胥之國，如果和才國不同，砥尚主上使用華胥華朵後，絕對不可能對看到的結果感到滿意，難道砥尚主上真的沒有使用華胥華朵嗎？」

「這……」

「砥尚主上原本很迷惘，連日造訪東宮，徵詢太師和母親大人的意見。砥尚主上也知道自己的王位快保不住了，如果不趕快走回正道，就會真滅亡。這種時候，如果有人交給主上能夠看到答案的珍寶，會不使用嗎？」

「……也許很難……」

「可不是嗎？使用了華胥華朵後，砥尚主上不是極度絕望，就是突然改變施政的方向，但主上並沒有這麼做，而是突然充滿確信。根據馴行大人的記憶，差不多正是他將華胥華朵獻給砥尚主上的時候。」

「砥尚使用了華胥華朵嗎？所以產生了確信——不，不可能有這種事。」

「照理說是這樣，但是……台輔曾經一次又一次說，夢中的才國從來沒有和現實中的才國有過交集，只有越離越遠，這代表才國完全沒有走向在華胥華朵的夢中所呈現的華胥國，對不對？」

「是啊。」朱夏低下了頭。想到自己犯的錯如此深重，就覺得很自責，也很痛苦。

「但是，真的一次也沒有嗎？」

朱夏仰頭看著青喜。

「至少砥尚主上是因為天意才能登基，怎麼可能王朝的第一步，就踏向完全錯誤的方向——如果錯得這麼離譜，能夠在王位上坐二十多年嗎？到底有沒有天命？」

「……應該不至於那麼嚴重，我們的確在很多事上都失敗了，但也曾經覺得漸漸步上了軌道，應該有幾件事並沒有失敗。也許這只是我一廂情願的想法。」

「可不是嗎……我覺得華胥華朵不太對勁。雖說華胥華朵可以讓人在夢境中看到華胥之國，但也許這就是錯誤的開端。」
「我聽不懂，這句話是什麼意思？」
「也許華胥華朵會讓不同的人看到不同的夢境。」
「怎麼會？」朱夏張大了嘴。
「但是，如果這麼想，很多事就有了合理的解釋。台輔使用了華胥華朵，但台輔所看到的華胥之國只屬於台輔，所以和砥尚努力打造的才國沒有交集。馴行大人也使用了，所看到的華胥之國也只屬於他，和台輔所看到的華胥之國不同，也和才國的現況不一樣。」
「怎麼會……然後砥尚也用了嗎？砥尚看到了他的華胥之國，和砥尚努力的目標一致，所以才會突然充滿確信……」
青喜點了點頭。
「華胥華朵呈現的華胥之國應該不能稱為理想國，並不是呈現理想中的國家。砥尚主上看到的華胥之國是砥尚主上理想中的國家。砥尚主上在夢境中看到了自己理想中的國家，台輔也看到了自己理想中的國家，因為是麒麟的夢境，所以必定是一個充滿慈悲的國家，完全不允許有任何殘酷，既然這樣，當然不可能和現實中的才國有任何交集——我認為應該就是這麼一回事。華胥華朵無法呈現正道，而是把使用者的理想具體化之後，以夢境的方式呈現。」

朱夏不得不承認，這種說法的確合理。

「但是，這種珍寶有什麼意義？」

「當然有意義，因為人往往並不知道自己到底想要什麼。」

「怎麼可能？」朱夏啞然失笑，青喜困惑地皺著眉頭。

「姊姊，難道您沒有陷入迷惘的時候嗎？不會無法把握自我嗎？」

「這……」

「比方說，您從奏國回到了才國，但是，當奏國的公主希望您留在奏國工作時，您感到格外欣喜，這不是代表您想要留在奏國嗎？但是，最後還是回到了才國，到底為什麼呢？」

「因為……我覺得榮祝說的話有道理。當時的確閃過想要留在奏國的念頭，但正如榮祝所說，才國沉淪至此，我也有責任。我們高舉正道的大旗推翻了扶王，和砥尚一起建立了王朝，現在怎麼可以捨棄正道？」

「是要求自己不可以捨棄嗎？還是不可以捨棄的意思？」

朱夏感到困惑，因為青喜的問題太微妙了。

「如果你說是要求自己不能捨棄，也許就是這樣，我不希望走到這一步捨棄正道，也認為不可以這麼做。」

「不可以這麼做，是禁止自己這麼做，對不對？正因為覺得捨棄是一種誘惑，所以才會禁止自己，不是嗎？」

「並不是這樣，而是我希望自己成為不捨棄正道的人。一旦捨棄，絕對會感到後悔，會極度厭惡自己，我不希望自己成為這樣的人。」

「這不正是代表您感受到那種誘惑嗎？」

朱夏啞口無言，覺得自己很骯髒齷齪，感到坐立難安。青喜露出微笑。

「請您不要露出這樣的表情，這並非可恥的事，身為一個人，理所當然地想要捨棄所謂的正道，希望在奏國重新開始，不可能不感受到誘惑。您抵抗了這種誘惑，守住了正道，所以很了不起。從來不曾感到誘惑的人堅守正道並不稀奇，也沒什麼了不起。對犯罪感到誘惑的人，仍然能夠拒絕犯罪，遠離犯罪，這種人了不起數十倍，難道不是嗎？」

「是這樣嗎？」

「當然是啊，但是，我認為人往往不太瞭解自己的心聲。明明想要的是這個，卻覺得不可以這樣，或是擔心這種奢求會讓事態變得更糟，因而感到不安。不安的狀態會讓自己感到不舒服，所以就會假裝自己並沒有感到不安，深信這樣的渴望是理所當然，然而，內心深處卻無法認同。人很複雜，各種想法錯綜複雜地交織在一起，時而掩飾，時而扭曲，隱瞞自己真正的渴望。」

「……也許吧。」

「既然這樣，華胥華朵就可以發揮很大的功效，可以消除所有的迷惘和糾葛，讓人看到自己真正渴望的國家，不需要為一些不必要的事迷惘。我認為華胥華朵就是這樣的東西，可以過濾理想，去除一些雜質。」

朱夏點了點頭，青喜露出微笑，然後皺起了眉頭。

「問題在於哥哥有沒有察覺這一點。」

「榮祝不可能知道，因為大家都一直以為華胥華朵可以讓人看到理想的國家。」

「那就好……」

青喜移開了視線。

「如果哥哥瞭解華胥華朵真正的意義，仍然這麼建議馴行大人，就是嚴重的犯罪……」

「犯罪。」朱夏嘀咕道，她也察覺了這件事，而且察覺自己臉色發白。

如果榮祝知道華胥華朵無法讓人看到理想的國家，只能看到做夢者的理想，卻建議馴行交給砥尚。砥尚在毫不知情的情況下使用了華胥華朵，重新確認自己的理想完全正確——等於將砥尚更加推向失道。砥尚因為使用了華胥華朵，喪失了修正前進道路的機會——

7

這一夜，朱夏輾轉難眠。雖然在臥床上聽到了榮祝回家的動靜，但她假裝睡著，沒有出去迎接。如今她不願見到榮祝的臉。

榮祝知道華胥華朵的真相嗎？朱夏既覺得他不可能知道，又覺得即使知道也不足為奇。采麟看到的華胥之國和現實生活中的才國從來不曾有過任何交集，完全沒有接近過——只要有機會聽到這句話，就可能對華胥華朵產生疑惑，一旦產生了懷疑，就可能發現華胥華朵真正的功能。

如果榮祝知道這件事，又向馴行提出那個建議；如果為了隱瞞自己透過馴行建議這件事，所以始終閉口不提，就代表榮祝知道砥尚看到的夢無法讓他走回正道——知道砥尚將走向失道，卻做出這樣的建議，那就是榮祝讓砥尚失道。

不可能有這種事。榮祝是砥尚的朋友，兩人情同兄弟。一旦砥尚失道，支持砥尚的榮祝也有同罪。榮祝應該害怕砥尚失道，怎麼可能主動讓他失道？

朱夏在這麼認為的同時，也覺得這或許是砥尚暴跳如雷的原因。馴行把華胥華朵獻給了砥尚，砥尚也使用了華胥華朵，對自己的理想產生了確信，走向了錯誤的道路。華胥華朵讓砥尚喪失了導正自我的最後機會。如果砥尚得知了華胥華朵真正的意義——以為馴行知道一切，卻故意把華胥華朵獻給他，也就不難理解為什麼會帶著劍和華胥華朵衝向東宮。

對，之前就傳說馴行有叛意，再加上華胥華朵真正的意義，砥尚認為自己上了馴行的當也在情理之中。

（但是……什麼時候出現那個傳聞？）

至少朱夏從來沒有聽過這個傳聞，這個傳聞到底從哪裡來的？會不會有人故意放風聲？到底是誰把華胥華朵真正的意義偷偷告訴砥尚——

（不可能有這種事……）

為什麼偏偏是榮祝？榮祝是朱夏選擇的伴侶，對他有無限敬愛。榮祝怎麼可能做如此可怕的事？

（不可能。）

榮祝怎麼可能陷害砥尚？他不是這種人。況且榮祝回到了才國，如果想要把砥尚推下王位，自己坐上王位，為什麼會冒著因為大逆而遭殺害的危險回到才國？

（絕對不可能……）

黎明時分，朱夏終於陷入淺眠，聽到堂室傳來的騷動聲而驚醒。發生什麼事了？她在床上坐了起來，青喜走進屋內。

「啊，您已經醒了。」

「發生……什麼事了？」

「主上不見了。」

「啊！」朱夏叫了起來，雙腳開始發抖。「為什麼……在哪裡？」

「不知道，官吏正在四處尋找。因為砥尚主上的騎獸不見了，所以官吏都不知所措，說主上可能去找台輔了。」

「砥尚為什麼現在去找台輔……青喜，砥尚知道了馴行的事？」

「大家在討論之後，向主上稟報了這件事。聽說砥尚主上得知後臉色鐵青，無力地坐了下來，然後生氣地把所有人都趕走，之後就不見蹤影，所以大家更擔心了。」

「是喔。」朱夏小聲嘀咕，雙手緊緊握在一起，「榮祝呢？」

「昨晚深夜回家，和平時一樣留在書房，剛才接獲消息後起床了，已經去朝堂指揮官吏。哥哥交代說，先不要驚動您，沒想到您已經起床了。」

「是啊。」朱夏回答後，下床走進堂室，等待進一步的消息，但直到晚上都沒有任何消息，不久之後，連官邸外都變得吵吵嚷嚷。

「外面發生了什麼事？」

雖然朱夏很想知道，但目前無法外出。照理說，朱夏、榮祝和青喜都無法踏出官邸一步，門衛守在大門旁。一定是有人事先交代門衛對榮祝的外出睜一隻眼，閉一隻眼，榮祝才能一再外出，但朱夏無法輕易外出瞭解外面的情況。

青喜心領神會地點了點頭，走出堂室。他很快就走了回來，告訴朱夏說，沒有任何情況。

「我塞了點好處給門衛，向他打聽了情況。」

「啊喲……青喜。」

「現在是非常時期，請您別太計較了。主上失蹤的消息傳開了，官吏都驚慌失措，有人打算趁現在趕快搬離王宮，也有人開始物色值錢的東西，所以亂成了一團，但大家都六神無主。」

「是喔……」

朱夏嘀咕著，無力地癱在椅子上。

「……青喜，我很不安……雖然明知道不可能有這種事，但砥尚真的外出嗎？該不會……」

「請您別再說下去了，」青喜語氣堅定地說：「因為那些都是臆測。」

那天晚上，榮祝沒有回家。天亮之後，直到晚上仍然沒有回家。外面逐漸平靜下來，四周一片寂靜。

拂曉時分，朱夏終於再也忍不住了，她站了起來。

「……我要出門。」

必須去見榮祝——朱夏渾身發抖。自己無法繼續承受內心的不安。砥尚到底去了哪裡？如果真的消失也就罷了，但如果不是這樣——

青喜嘆了一口氣，從衣櫃裡拿出衣物。

「姊姊，您目前還遭到軟禁，盡可能不要太引人注目。這些是奚的衣服，我去借來的。」

朱夏點了點頭，接了過來，在臥室換好之後來到堂室，發現青喜也穿著相同的袍子。

「青喜，你……」

「我當然要陪同您。如果被人知道遭到軟禁的您外出走動，事情就大了。如果不小心被人看到，我會當場處理，您不顧一切，先逃回這裡再說。我已經讓門衛嗅了鼻藥——沒問題吧？」

「青喜，但是……」

「別多說了，趕快走吧，天亮之後就麻煩了。」

朱夏遲疑地點了點頭，經過把頭轉到一旁的門衛前，離開了官邸。天還未亮，宮城內靜悄悄的，完全沒有任何聲音。為了怕被別人看到，朱夏低著頭，匆匆走在青喜指示的小巷，前往位在外殿的朝堂。

「——朱夏。」

朱夏溜進堂內，榮祝驚訝地抬起了頭。小司寇、夏官長大司馬，以及遭到軟禁的大宰、小宰，甚至連已經遭到撤換的大司寇也在這裡。

「……主上呢？」

「還沒有找到。」

榮祝在回答的同時走向朱夏。

「妳怎麼可以擅自離開官邸？而且竟然兩個人都一起離開……」

「榮祝，我想和你談一談。」

朱夏說，榮祝微微皺著眉頭，看了身後的官吏一眼，然後點了點頭。「跟我來。」

榮祝把朱夏和青喜帶到設置在朝堂左右兩側的夾室。朱夏走了進去，榮祝跟在她身後，青喜留在門外，然後關上了門。

「怎麼了？發生什麼事了？」

榮祝問道，朱夏面對著他，握著雙手。

「榮祝……砥尚去了哪裡？」

「不知道，騎獸消失不見了，有人認為可能去找台輔了。目前已經派青鳥去了沙明山，傳達如果砥尚去那裡，希望趕快回信之意，但至今仍然沒有收到回覆。」

「你真的不知道砥尚去了哪裡嗎？」

榮祝驚訝地張大了眼睛。

「我怎麼可能知道？」

「是喔。」朱夏點了點頭，再度問道：「我想問你一件事，你是從哪裡聽說馴行有叛意？」

榮祝的神情有點緊張。

「我忘了是哪裡，怎麼了嗎？」

「這件事很重要，請你努力回想一下。」

榮祝移開了視線。

「我想想……可能是有人私下告訴我的，或是我剛好聽到下官在聊天……」

騙人。朱夏直覺地知道他在說謊，那是共同生活多年培養起來的直覺。

「請你調查一下傳聞從何而來——不，我想調查，可以讓我調查，對嗎？」

「為什麼突然要調查這件事……當然，如果妳想知道，可以讓妳去調查，但在找到砥尚，我們的審判決定之前，先不要輕舉妄動。」

「還是說，是你……散播這個傳聞？」

榮祝愣了一下，立刻回答說：「怎麼可能？」雖然他故作鎮定，但朱夏很清楚他內心的慌亂——畢竟他們共同生活了那麼多年。

「你為什麼建議馴行把華胥華朵獻給砥尚？」

「什麼意思？」

「不是你建議馴行的嗎？當時我剛好就在附近。」

榮祝睜大眼睛，眼神飄忽，狼狽不堪。

「……是啊，我的確向他建議。」

「而且你知道華胥華朵到底是怎麼一回事？」

「朱夏。」

榮祝看著朱夏，露出窘困的眼神。

「妳——到底想說什麼？從剛才就好像在責備我。」

「……為什麼？」

朱夏感覺到淚水湧出了眼眶。果然都是榮祝幹的？

「為什麼把砥尚逼上失道？為什麼慫恿他犯罪？」

榮祝把頭轉到一旁，然後決然地看著朱夏。

「並不是我教唆他犯罪，選擇犯罪的不是別人，而是砥尚自己。」

「是你設計他的！」

「妳要這麼想是妳的自由，但是，妳可以證明嗎？」

「不能，我也不想這麼做。我知道你犯下的罪，這樣就足夠了。」

「那不是我的罪，而是砥尚的罪。」

榮祝惡狠狠地說，握住了朱夏的肩膀。

「聽我說，一切都是因為砥尚沒有當王的能力。」

「榮祝……」

「我們到底犯了什麼錯？什麼時候背離了正道？為什麼我們赴湯蹈火，國家仍然無法改善？」

「因為……」

「我想了很多次，不認為是我們這些追隨者的問題，每個人都盡忠職守，不遺餘力地投入工作，鞠躬盡瘁，挺身報效國家，然而，才國還是走向沒落，到底是為什麼？」

「砥尚也一樣，砥尚也……」

「砥尚是王，和我們不一樣。我們只需要具備身為官吏的能力，砥尚需要有身為王者的能力。正因為上天認為砥尚具備了交付天命的能力，才會讓他成為王。如今，他的天命已經走到盡頭，砥尚不再有當王的能力——除此以外，還有其他原因嗎？」

榮祝壓低聲音說道：

「況且，當我對他說，馴行似乎有叛意時，他完全沒有調查就相信了。妳聽我說，我並沒有斷言馴行有叛意，只是提示或許有這種可能性，然而，砥尚無法一笑置之，而且沒有質問馴行，甚至沒有調查就相信了。是砥尚無法相信馴行，懷疑他。不僅如此，砥尚甚至懷疑我們，並不是我灌輸他猜忌，而是砥尚自己疑神疑鬼。」

「榮祝，這些無法成為藉口。」

「為什麼？我並沒有對馴行做任何事，是砥尚對馴行勃然大怒，拔劍行凶。只因為一個夢境就漠視國家荒廢，砥尚太傲慢了，所以才會這麼相信自己。他充滿猜忌，無法控制自己的感情，因為情緒失控而犯下了最惡質的罪行——他已經淪為這樣的人，正因為如此，上天才放棄了他。」

朱夏掙脫了榮祝的手。

「你想要把罪責嫁禍給他。」

「我並沒有殺太師和馴行。」

「但是，你試圖把讓國家荒廢的罪推諉給砥尚。雖然口口聲聲說，我們也有責任，但你完全不認為自己有任何過錯，為了能夠名正言順地說，砥尚犯下了所有的過錯，你不惜把砥尚推向犯罪。」

「我……」

「在你眼中，只要失道的不是自己就好，即使被砥尚懷疑有大逆之罪，即使因此被帶上刑場砍頭，誰會相信失道的砥尚代表了正義？只有砥尚有罪，即使你死了，也可以繼續當正義的人……這就是你的企圖。」

「事實就是如此。」

「不，」朱夏搖了搖頭，「砥尚就像是你的弟弟，同時也是你的朋友，你的主上。你背叛了砥尚，非但沒有向他伸出援手，反而把罪責都推卸到他身上，為了成全自己的正義，試圖把所有的罪行都推到他身上。這不是罪惡，什麼是罪惡？」

榮祝臉色大變。

「你的行為到底哪裡是正義？哪裡走在正道上？」

榮祝啞口無言，這時，有人用力敲門。「打擾了。」青喜急切地叫了一聲，推開了門。

「發生什麼事了？」

「主上——」

「找到了嗎？」

朱夏跑了起來，愁容滿面的官吏在青喜身後蜂擁而來。

「主上禪讓了！」

朱夏停下了腳步。

「……你說什麼？」

「白雉啼叫末聲。主上主動讓位，禪讓了。」

「砥尚……」

朱夏的身體搖晃著，青喜急忙扶住了她。春官長大宗伯可能帶來了什麼消息，衣衫不整、頭髮凌亂的他用袖子遮住了臉。

「主上禪讓，留下了遺言。」

白雉在王登基時啼叫一聲，在退位時啼叫末聲。只有禪讓時，留下王的遺言。

「遺言……？」

「——責難無法成事。」

大宗伯說完，當場放聲大哭。

8

現場充滿了痛哭聲和嗚咽聲，想到至今仍然有這麼多官吏敬慕砥尚，朱夏感慨萬千。

「砥尚……」

榮祝茫然嘀咕的聲音從背後傳來。

「砥尚沒有逃避自己的罪……他選擇改正自己的錯誤……」

朱夏小聲說道，背後傳來輕輕的呻吟。榮祝從朱夏的身邊走過，退出了朝堂。其他官吏也紛紛起身，走出朝堂，可能要去傳達這個噩耗。官吏紛紛走去朝堂東側的府第，只有榮祝的背影筆直往南。

「……責難無法成事。」

朱夏聽到這個語帶痛苦的聲音轉過頭，青喜笑了笑，用袖子擦拭了臉。

「不愧是砥尚主上。」

「砥尚到底想說什麼？」

「應該就是這句話的意思。責怪、指責他人無法成就任何事。」

「什麼意思？我並沒有責怪或是指責砥尚啊。」

「不，」青喜搖了搖頭，「砥尚主上應該在說自己，同時想把自己得出的結論做為教訓留給官吏。」

「砥尚嗎？什麼教訓？我不懂，他責備了什麼？」

「扶王。」

「啊？」朱夏小聲嘀咕。

「一定就是這樣。我想起母親大人以前曾經對我說過類似的話。很久很久以前——還是高斗時代的時候。砥尚高舉高斗的大旗，哥哥也加入了，我也想一起加入，所以對母親大人說，我們一起去揖寧，一起去參加高斗，當時，母親大人說了類似的話。」

「慎思大人？」

「責難很容易，但責難無法改變任何事。」

「我相信砥尚，」慎思說：「但我無法贊同高斗，我也這麼對砥尚說。」

「為什麼？」青喜問養母。

「你自己思考。我討厭指責別人，我對砥尚說了該說的話，之後必須由他自行思考，做出選擇。」

「為什麼？」

青喜問，養母露出微笑。

「要自己多思考。」

「呃……那至少告訴我一件事，為什麼母親大人討厭責難別人？」

「因為我認為自己沒那個資格。如果只是責難，我也可以滿口責難，但我對砥尚的行為存疑。雖然指責別人的錯誤很容易，但我無法告訴對方，怎麼做才能改正錯誤。」

「我完全聽不懂……」

「青喜，你對這個國家有什麼看法？對王有什麼看法？」

「我覺得主上偏離了正道，因為國家的情況真的很糟糕。」

「如果主上和台輔崩殂，你會昇山嗎？」

「我……嗎？當然不可能。」

「為什麼？」

「如果是砥尚大人和哥哥還有可能，但我根本沒有能力治理國家。」

「啊喲？你自己都做不到的事，卻因為別人沒做好，就指責別人嗎？」

慎思語帶戲謔地說道。青喜不知所措，毫無意義地左顧右盼。

「呃……不，那個……」

「只有比主上更有能力治國的人，才有資格責備主上。」

「這……也許是這樣。」

「對砥尚也一樣。我當然也覺得才國目前的狀況很慘，如果說全都是主上的錯，或許就是吧，所以有很多人都責怪主上，團結有共同志向的人一起大聲吶喊，也許可以傳到主上的耳裡。這就是砥尚目前在做的事，但我還是覺得不太對勁。雖然指責砥尚，說他做得不對很容易，但如果要問我到底該怎麼做，我也無法回答。必須讓國家走上正道，必須導正主上，卻不知道如何才能做到，只覺得砥尚做的事無法達到目的——我能夠因為這樣就指責砥尚嗎？」

「那……倒是。」

「導正不就是這麼一回事嗎？只有明確說出，不是那樣，應該這樣，才是導正啊。」

「砥尚大人看到了正確的道路，所以才會發聲，不是嗎？」

「應該吧，但我已經告訴他，我認為他所做的事不正確。雖然無法告訴他，什麼才是正確的，但即使他得知我並不贊同他，仍然對自己選擇的道路充滿確信，那砥尚可以試試他想做的事。」

「可以試試……母親大人，沒想到您這麼冷漠。」

「是嗎？因為我不知道正確答案，也許砥尚並沒有錯。」

「如果砥尚大人錯了呢？」

「我相信，如果砥尚知道自己錯了，他有能力接受並導正。」

慎思說完，露出微笑。

「我並不是知道砥尚正在做的事是錯誤的，只是自己覺得不對勁而已。既然覺得不對勁，就無法協助他，因為我無法告訴他，怎樣做才是正確的。我沒有資格指責砥尚，也無意指責他，所以，你也可以做你想做的事。如果你認為砥尚的行為正確，那就去協助他。」

「但是……」

這就代表青喜認為慎思是錯的。他左右為難地抬頭看著慎思，養母輕聲笑了笑說：「不必在意我，如果我錯了，砥尚是對的，這個國家就會向好的方向發展，這才是最重要的事。」

「……如今我才好像稍微瞭解母親當時所說的話了。責備很容易，任何人都可以指責別人，但如果只是指責，無法告訴對方什麼是正道，就沒有任何建設性。導正必須做出成果，但指責無法成就任何事。」

青喜寂寥地笑了笑。

「姊，您不是說過嗎？到頭來，我們並沒有做任何事，完全沒有比扶王的時代進步一步。」

「嗯……雖然不太願意承認，但這是事實。」

「為什麼？」

「如果我知道的話……」

「是否可以這麼想，因為我們沒有推動國家向前邁進的能力。」

朱夏臉色鐵青，忍不住大聲說道：

「你……你是說我們無能嗎？我和砥尚都很無能嗎？」

青喜輕輕嘆了一口氣。

「沒有能力並不是壞事啊。我也有很多能力不及的事。比方說，我完全不會使用劍，我不想聽別人說我不中用，因為人總是擅長某些事，不擅長另一些事。」

「你是說，我們並不適合嗎？不適合治國，缺乏這方面的能力嗎？」

朱夏把心中的話一吐為快。

「既然這樣，上天為什麼把天命交付給砥尚？」

「我不是天帝，所以不知道，但也許天帝賞識砥尚主上崇高的理想和為人真誠。」

「你是說……雖然理想很崇高，卻沒有實現理想的能力嗎？」

「只是不適合。」

「把國權交給不適合治國的人手上太糟了。普通人無能並不是過錯，但王和執政另當別論，這個世界上不允許有無能的王！」

「所以啊，」青喜說到一半住了嘴，低下了頭。朱夏也發現了——沒錯，王不可以無能，無法原諒王不適合執政。

「所以……砥尚失去了天命……」

朱夏茫然地蹲了下來。

「姊姊，」青喜溫柔地叫著她，「只是得知了砥尚主上的遺言，我才會這麼想……

也許砥尚主上在根本的問題上產生了誤解。」

「根本的問題……？」

「責難無法成就任何事，砥尚主上從一開始就誤會了這一點，在發現這件事後，才特地留下遺言。」

「我聽不懂。」朱夏搖了搖頭，青喜在朱夏面前坐下，對她露出微笑。

「治國就是執政，砥尚主上必須思考到底該怎麼做，思考到底該實施什麼政策，該如何治國，向理想的國家邁進……但是，砥尚主上也許並沒有認真思考這些事。」

「怎麼可能？砥尚從高斗的時代就開始……」

青喜點了點頭。

「他提出了國家應當如此的藍圖，我每次聽他說，都深受感動。但現在回想起來，會懷疑那真的是砥尚主上的理想嗎……不，我相信主上有理想，但也許他的理想只是不希望像扶王那樣而已。」

朱夏目瞪口呆。

「扶王課重稅，所以砥尚主上認為該減輕稅賦，結果導致國庫貧窮，甚至無法修建堤防。即使發生了饑荒，也沒有存糧，無法救濟百姓——不是嗎？」

「是……」

「砥尚主上曾經認真思考稅是什麼？為什麼存在？為什麼加重稅賦是罪惡？減輕稅賦是好事？只是因為不希望像扶王一樣，所以就減輕稅賦嗎？是在充分考慮減輕稅賦會造成的結果後，做出這樣的結論嗎？」

朱夏無言以對。

「我覺得母親大人言之有理。因為指責他人很容易，尤其像我們那樣，高舉理想大旗的人要責備別人更容易，但是，總覺得我們從來沒有認真考慮過這些理想是否真的可以實現，是否真的是理想的國家。看到扶王課重稅，就覺得只要減輕稅賦就好，我覺得我們想得太簡單了……」

青喜說完，嘆了一口氣。

「稅賦當然越輕越好，這絕對是理想，但真的減輕稅賦，就無法讓百姓富足。重稅讓百姓的生活陷入水深火熱，減稅也會導致民不聊生。我認為只有在充分瞭解這一點的基礎上審慎思考後，才能得出結論，才是答案。從這個角度來說，我們從來不曾尋找答案。」

朱夏終於瞭解青喜想要表達的意思，所以慎思才再三提醒砥尚，必須瞭解百姓的現狀，決定適當的稅額才是正道。當砥尚問她，適當的數字是多少時，慎思沉默不語。對——慎思也無法明確指示多少數字才正確，雖然曾經提議是否可以試試某個數字，砥尚說，重稅壓得百姓喘不過氣，無法課更重的稅，所以拒絕了慎思的提議。

「對砥尚主上來說，理想的國家是唯一而絕對的，只有符合正道的理想才是答案，除此以外的答案都不正確，對砥尚主上來說，根本不允許有試試看，或是先暫時這樣的可能性。砥尚主上對自己的華胥之夢有絕對的確信，不允許有任何妥協，但這種確信只是責備扶王所培養起來的夢。」

「你說得對。」朱夏嘀咕道。

沉淪的王朝擺在朱夏他們的面前，朱夏他們只要指責扶王就好。朱夏雖然指責扶王的重稅，但在指責之前，並沒有經過深思熟慮，只是對百姓被重稅壓得喘不過氣感到義憤。為什麼要加重稅賦，為什麼減輕？他們大聲指責，確信必須減輕稅賦，但根本沒有想到，稅賦太輕反而會讓百姓難以生存。

沒錯——正道清楚地擺在面前。因為扶王已經失道，扶王所做的事就是錯誤。朱夏和其他人徹夜責難扶王，談論理想的國家，培養了華胥之夢，的確是藉由責備扶王，培養了這個夢。雖然起初很模糊，但在扶王的施政中每找到一個缺失，這個夢就越來越具體。只要和扶王的施政背道而馳就可以了——用這種天真的方式武斷地得出結論，的確很容易找到所謂的正道。

這二十多年的執政都以這種天真的確信為基礎，和砥尚共同建立的王朝比扶王的王朝更加脆弱。

「……我們、的確無能……」

自己完全不瞭解什麼是國家，也缺乏治國的知識、想法和方針。

「沒錯……我們真的是外行，對政治一竅不通。雖然一竅不通，卻以為無所不知。因為我們指責扶王，所以以為自己比扶王更瞭解政治……」

朱夏按著胸口，當場趴倒在地上時，聽到輕微的腳步聲。慎思臉色蒼白地衝進堂室。

「朱夏、青喜，聽說砥尚駕崩了？」

朱夏點了點頭。

「……白雉啼叫了末聲，因為是禪讓，所以留下了遺言……責難無法成事。」

慎思睜大眼睛，然後低下頭，捂住了臉。

「是喔……所以，砥尚導正了自己……」

慎思小聲嘀咕道，然後抬起了頭。

「他是個優秀的孩子，真的太出色了。」

慎思的表情和聲音似乎已經看透了一切。沒錯——既然慎思曾經告訴青喜，責難無法導正，所以很可能一開始就清楚知道砥尚所犯下的錯，正因為如此，慎思當年沒有參加高斗。

「……慎思大人，原來您早就知道我們多麼無能，沒有資格掌握朝廷，知道我們輕而易舉地指責扶王，自以為無所不知……」

慎思聽了朱夏的話，驚訝地看著她。

「您看到我們的愚蠢，內心一定很焦慮。」

「啊喲，」慎思小聲呢喃道，跪在朱夏面前，「怎麼可能會有這種事？」

「但是……」朱夏忍著嗚咽，她對自己感到羞愧，也感到生氣。自己不光無能，而且無知無覺，完全沒有意識到自己的無能。

「不能用這種方式責備。朱夏，那妳現在知道該怎麼做嗎？」

「我們不該執政，應該交給有資格做這件事的人。」

「這……」慎思握住了朱夏的手，「無論對自己，還是對別人，都不可以用這種方式加以責備，砥尚的遺言說得很對，如果不知道答案，只是一味指責，無法成就任何事。」

「但是……」朱夏放聲大哭，她對自己的無能懊惱不已，對自己竟然沒有發現這件事的愚昧更加懊惱，痛苦得難以自處——她愧對於百姓。

「我也參加了朝廷，卻始終不知道到底什麼才是正確的。無論稅賦還是整頓官吏，都完全不知道該怎麼辦。我明知道自己對政治無知而無能，卻接受了太傅的官位，但是——無論是哪一個朝代的王，一開始不都是如此嗎？」

朱夏抬起頭，眨了眨眼睛。

「即使是宗王，聽說以前也是市井旅店的老闆，宗王怎麼可能瞭解政治？無論是妳還是砥尚——還有我，都不需要為不瞭解政治感到羞愧。妳必須引以為恥——妳必須感到後悔的只有一件事，那就是沒有懷疑那份堅定的信念。」

「我們……」

「但是，妳現在已經產生了懷疑，對不對？懷疑自己很無知，也許犯了錯，既然這樣，就可以改正——就像砥尚一樣。」

「慎思大人……」

「砥尚是王，只有兩種方法可以改正錯誤。在瞭解自己的不足和不明的基礎上改正過失，還是承認自己缺乏這種能耐而退位。砥尚選擇了後者……雖然我很想告訴他，基於親情，我希望他痛改前非，但砥尚選擇了後者，他貫徹了走正道的自己，他不允許自己繼續留在王位上。」

「因為無能嗎？」

「因為他殺了父親和弟弟。」

「啊，」朱夏發出呻吟，捂住了臉，「原來您已經知道了。」

「只要稍微動一下腦筋就知道了，而且也知道是誰慫恿砥尚。」

朱夏驚訝地看著慎思，慎思皺著眉頭。

「……雖然榮祝可能已經走投無路了，但他的行為不可原諒。我這個母親很同情他，也痛恨自己在他走到這一步之前，無法導正他，很對不起他……」

「母親大人……」

「所以，我只能祈禱那個孩子能夠導正自己，不要繼續犯罪，恥上加恥，永遠偏離自己曾經那麼堅持的正道。」

朱夏瞭解了慎思的言外之意，發出了悲鳴。

「怎麼可以？但是……」

榮祝走出朝堂，直直走向南方——孤獨一人。

朱夏驚慌失措地想要站起來，慎思抓住了她的手臂。

「妳要堅強，事到如今，不能迷失真正需要憐憫的事物。我們仍然肩負著對百姓的責任，必須對剛失去王的百姓負起責任。」

眼淚在慎思的眼眶中打轉，但她渾身散發出決然的堅強。

「砥尚為才國留下了台輔，所以王位上無王的時期並不會太長。砥尚直到最後，都沒有忘記自己肩負的責任。如果我們憐憫砥尚，就不能忘記這件事。如果為砥尚，為榮祝感到惋惜，我們必須背負他們兩個人的罪行加以償還。」

慎思說完，回頭看著青喜。

「青喜，你也一樣，如今，你不再只是朱夏的隨從，也不允許你再任性，甘於當一個無官位，也沒有任何責任的小人物。」

「是。」

青喜一臉順從地點了點頭。

「悉聽尊命——黃姑。」

青喜恭敬地回答養母。慎思是王的姑姑，薰陶了成為宛如一陣疾風般的王砥尚，也對砥尚產生了莫大的影響，所以一部分臣子用麒麟高貴的顏色——黃色來形容慎思。

慎思毅然地點了點頭，然後注視著朱夏，終於忍不住抱著朱夏痛哭起來。朱夏緊緊抱住了她的背。慎思咬著衣襟，強忍著嗚咽，這時，朱夏聽到了匆忙的腳步聲。小宰喊著朱夏，叫喊慎思，聲音格外緊張。

朱夏知道小宰將傳達什麼消息。一定是訃告——朱夏相信自己的丈夫。

青喜默默地站了起來，迅速走出堂室，關上了門。

歸山

城市位在碧綠的湖畔，平靜如鏡的湖面上映照出用白石建造的城市，和聳立在城市背後的灰白色凌雲山。

沿著幹道的上坡道默默趕路的旅人在越過山巔的瞬間，立刻看到眼前的這片景象——群山圍繞著廣大綠野，湖面閃著粼粼波光，和直入雲霄的山，以及山麓下的白色城市。

「真壯觀啊……」

男人說著，擦了擦額頭的汗水，回頭看著身旁停下腳步的旅人。

「沒想到芝草是這麼漂亮的地方。」

站在山頂上不大的山崖上出神看著眼前景色的旅人，驚訝地回頭看著對他說話的男人，男人開懷地笑了起來。

「你不是一直走在我前面嗎？雖然牽著出色的騎獸，卻靠自己的雙腿走上山路，原本還覺得你這個人太有意思了，現在才知道自己走上山是正確的決定。」

「是啊。」那個旅人開朗地笑了笑，撫摸著外形像老虎的騎獸。他看起來二十出頭，帶著看起來很昂貴的騎獸同行，衣著打扮也很不凡。

「還是說，你是芝草人？」

「不是。」

「是喔。」男人點了點頭，再度擦著額頭上的汗水。走完一路上坡的坡道，男人的臉色紅潤，汗如雨下。初夏的陽光強烈而燦爛，清風吹拂山巔。男人拉著敞開的衣領，讓涼風吹進袍子。休息片刻後，再度嘀咕著：「真是好地方。」然後走下了山巔。帶著騎獸的旅人仍然站在原地，目送著男人離去，站在山巔上眺望著眼下的風景好一會兒，才抓起騎獸的韁繩走下山。下方那片白色的城市是柳國的王都，白色山頂上雲霧模糊、看起來像若隱若現的森林般的地方，就是劉王的居所芬華宮。

幹道順著和緩的彎道一路下山，穿越了綠野。左右兩側的遠處和近處都點綴著廬，不一會兒，他終於來到白色的城牆旁。城牆內是白色的市區街道。挖鑿略帶灰色的白色山石，堆積成這個城市。芝草周圍缺乏可以用來做為木材的樹林，挖鑿取用聳向天際的凌雲山上的石頭，比從遠方運送木材來這裡更方便。從半山腰開始挖掘，鑿山而成的白色城市看起來像山的一部分，只有屋頂用木材支撐，而且也使用了柳國中央地區特有的木材，呈現和屋瓦相同的深墨色。這是一個以白色和黑色為基調的整齊城市，鋪在道路上的石板也是白色，衣著鮮豔的行人來來往往，在街上穿梭。

他穿越午門，踏進了這個城市，在門前眺望著來往的人群。行人的步伐很輕快，臉上的表情很開朗——好像沒有任何不安，也沒有任何問題。

他微微皺起眉頭。

「不太妙啊……」

「什麼不妙？」

突然傳來一個聲音，他驚訝地一回頭，看到身旁的人影，眨了眨眼睛，立刻露出滿臉笑容。

「沒想到會在這種地方遇見。」

「正因為是這種地方，所以才會見面吧——好久不見，利廣。」

利廣忍不住笑了起來。距離上次見面的確「好久」了，因為一晃眼，已經過了三十年。

「真的好久不見。風漢，你還是沒變，依然神龍見首不見尾啊。」

「彼此彼此。」

「什麼時候來這裡的？」

「兩天前。」風漢說，指著街道的東側說：「我住那家旅店，雖然食物超難吃，但廄舍很不錯。」

「那我也去住那家。」

帶著珍奇的騎獸同行，就必須慎選旅店。要找有完善廄舍，還有可靠廄人的旅店並不容易。利廣在擁擠的人群中，心存感激地跟著風漢走向旅店。

利廣已經忘了最初見到風漢是哪一年的事了，只記得是很遙遠的往事，對初識地點的記憶也很模糊，更不記得為什麼會相遇，最後以怎樣的方式道別，只隱約記得第一次見到他時，覺得他是個奇怪的人。原本以為分道揚鑣後，此生再也無緣相見，沒想到隔了一段時間後，再度在其他國家相遇。於是知道對方並不是自稱的「四處為家」那麼簡單的角色。因為從相遇至今已經六十年，如果是普通「人」，早就死了，或者已經老到認不出來了。

從那次之後，他們不時在各種不同的地方相遇。久而久之，漸漸知道了他的身分——雖然沒有當面問過他，但即使不需要確認也知道，因為能夠像利廣一樣，在這麼漫長的歲月中四處旅行的人畢竟有限。

每次遇見，都是在「這種地方」，也就是開始荒廢的國家的首都——或是類似的地方。利廣聽說柳國岌岌可危。劉王的治世已經超過一百二十年，這個國家已經開始沉淪。他來這裡確認，沒想到又遇見了風漢。

「到底哪裡不妙？」

走在前面的風漢轉過頭問道。

「街上的情況……」

雖然家開始荒廢，百姓卻很開朗。利廣憑著多年的經驗知道，這代表國家正處於危險的狀態。當國家開始荒廢時，百姓的臉上就會出現笑容。雖然內心感到不安，但只要一開口，就會笑著咒罵王和施政。當荒廢的情況越來越嚴重，百姓才會更不安，開始陷入憂鬱——當荒廢的情況更嚴重，國家幾近崩潰時，百姓雖然內心坐立難安，卻反而變得格外開朗，開始及時行樂，很容易情緒化，不再腳踏實地。當這種病態的開朗出現龜裂時，國家就會一下子崩潰。

他國的人很難瞭解一個國家真正的情況，當國家實際開始荒廢時，他國的人也能夠一目了然，但在王朝開始沉淪，不正逐漸累積的過程中，他國的人往往看不到這些不正，該國的百姓卻很清楚。即使肉眼看不到，也可以用身體感覺。所以只要觀察百姓的樣子，就可以瞭解國家處於怎樣的狀態——利廣根據之前的經驗，已經可以藉此分辨了。雖然岌岌可危的傳聞已經傳到其他國家，但王都的百姓格外開朗，這就是已經進入危險領域的徵兆。

「……如果百姓處於憂鬱的狀態，這個國家還有救。」

利廣嘆著氣說道，風漢也低沉地回答。

「那個階段已經結束了，顯然已經無可救藥了。」

風漢說完，指著旅店說：「就是這裡。」旅店的門面很氣派，白色石牆上雕刻著無數彩色的裝飾，雖然是大白天，建築物周圍的圍牆內已經傳來喝醉酒的人歡快的喧鬧聲。

「柳國的情況這麼嚴重嗎？」

利廣把行李丟進客房，問背後的風漢。風漢可能剛好閒著沒事，所以跟著走了進來，為他打開了窗戶，喧囂聲立刻傳了進來。

「不知道，並沒有聽說百姓受到壓榨，也沒有聽說朝廷極端荒淫、鋪張揮霍，但地方官很鬆懈，離中央越遠的地方越不像話。」

「就只是這樣？」

「目前是如此。」

「是喔。」利廣坐在椅子上嘟噥道——有時候也會遇到這種情況，表面上看起來並沒有什麼問題，但內部深處有無數龜裂。百姓感受到眼前有無數細小的龜裂，所以才會感到不安，這種不安變成了「岌岌可危」的傳聞，只不過外人無從得知到底哪裡有問題。這種時候，一旦荒廢浮上檯面，就會一下子徹底崩潰。

「沒想到這麼快……」

利廣自言自語，風漢躺在長椅上笑了起來。

「奏國的仁兄說話到底不一樣，一百二十年還算快嗎？」

「也對啦。」利廣也笑了起來。利廣是位在世界南方的奏國人，奏國的主上宗王治世已經六百年，只要繼續維持八十年，將成為有史以來最長的王朝。奏國是目前十二國中治世最久的國家，東北方的大國雁國僅次於奏國，比奏國少了一百年。

「但我總覺得柳國應該可以繼續撐下去。」

「喔？」

目前統治柳國的劉王名叫助露峰，利廣不知道他當初是怎麼坐上王位。南方的奏國和北方的柳國剛好位在世界的兩端，所以無法詳細瞭解柳國的所有情況。即使像這樣來到柳國，也不可能打聽到王宮內部的情況，況且照理說，連王的氏字也不會外傳。利廣是因為身分特殊的關係，才會知道這件事。

總之，露峰原本並非柳國的高官，而且並非有志為王，前往位於世界中央的蓬山，拜訪麒麟的昇山者；然而，好像也不是從平凡的農民或商人被拔擢為王，也就是說，他的登基缺乏讓人口耳相傳的戲劇性。而且，從先王的時代到露峰的登基之間經過了二十幾年的時間，可見劉麒在挑選新王時費了不少工夫。通常在之前的麒麟辭世後，新的麒麟會立刻結果，不到一年就誕生，數年之後就可以聽天命選王，如果快的話，只要在數年內就可以選出新王。

雖說露峰在登基之前所耗費的年數，和他身為王的力量並沒有直接的關係，但再加上他在當王之前的經歷不明，所以總讓人覺得他缺乏魅力。也許是因為這個原因，在剛登基不久時，也沒有聽到有關他的風評，只是隨著時間的流逝，露峰漸漸成為遠近馳名的王，如今柳國已經成為一個不可多得的法治國家。然而，這樣的柳國竟然開始沉淪——利廣對此感到意外。

聽到利廣這麼說，風漢微微偏著頭。

「我的看法和你相反，反而很意外柳國竟然可以撐那麼久。露峰登基時，就是一個不怎麼起眼的王，原本好像是地方的縣正或是鄉長，在當地的風評固然不錯，但好名聲並沒有傳到中央——所以並沒有太傑出。」

風漢也知道露峰的氏字。這代表他的身分和利廣相似。

「雁國的人果然比較清楚，因為是鄰國的關係？」

「是啊，因為他剛登基後不久，我曾經來過這裡，只覺得既沒有特別好，也沒有特別差，當時覺得恐怕難以闖過一山就倒了。」

「一山嗎？」利廣小聲嘀咕。治理國家的王沒有壽命，只要符合天意，王朝就可以持續，但維持王朝出乎意料地困難。之所以「出乎意外」，是因為上天會將天命交付給有能力統治國家的人——具備賢君資格的人。麒麟傾聽天命，挑選成為自己主人的王，然而，王朝的壽命卻很短，像奏國六百年和雁國五百年是例外，僅次於這兩個國家的西方大國是範國，氾王的治世幾近三百年，恭國九十年的王朝名列第四。

奇妙的是，王朝的存續往往會遇到某些關卡。這種關卡的確存在——觀察王朝興亡六百年的利廣這麼認為。第一道關卡通常是十年，一旦闖過了這道關卡，就可以維持三十年到五十年。然後是第二道關卡，通常會有一座大山。奇妙的是，第二道關卡通常會出現在王的「死期」。

王在登基之後就加入了神籍，可以長生不老，永世不死，但三十歲登基的人通常在三十年以後——如果沒有加入神籍，差不多是壽終的時候就會陷入危機。事實上，無論是王，還是追隨王的高官雖然沒有壽命，但還是會計算自己的年紀，清楚知道自己的實際年齡，於是就會知道，自己來到了原本差不多會死的年紀，會強烈意識到如果沒有加入神籍或仙籍，「一生」也差不多該結束了，同時，自己在下界的朋友也開始漸漸離開人世。

不，雖然並沒有實際看到親朋好友的離開——一旦加入了神籍或仙籍，就同時和在下界的親朋好友斷絕了關係。昇上雲海後，出身地只是國家中的某個城市而已，甚至也聽不到那個城市的消息，也不太有機會造訪，所以只能想像，那個人可能已經離開了人世，這個人恐怕也差不多了，會強烈感受到只有自己留了下來，不知道會活到什麼時候。雖然投入了「一生」的歲月在某些事上，有些事卻是「一輩子」都無緣嘗試。有人在回首過去時，感受到強烈的空虛感，也有人看透了未來，產生了恐懼。

加入仙籍的官吏也會有這些關卡，所以很多人會突然辭官。然而，王很難自行辭去王位，一旦離開王位，就意味著死亡。隱隱的空虛和恐懼讓王難以自行決定離開王位，為自己的此生做一個了斷。也許是因為這個原因，有些王就會讓國家開始荒廢，好像把決定權交給上天。像利廣那樣的人都認為那算是一種消極的退位。

一旦經過照理說自己沒有理由可以繼續活下來的歲月之後，王就會重新振作。一旦越過了這座山，王朝的壽命就會變得很長。下一個關卡大約在三百年左右，利廣也不瞭解為什麼這個時候會出現危機，但是，當王朝在三百年左右的時期崩潰時，崩潰的方式通常都很悲慘。之前是百姓愛戴的賢君突然變成了暴君，屠殺百姓，國土荒廢殆盡。

「越過一山，撐了一百二十年……有點不上不下啊。」

「不上不下嗎？」風漢笑了起來。

「原來如此，越過一山的王大部分都可以撐三百年，但也有很多例外吧？」

「嗯，是啊。」

柳國已經來到了利廣口中「一山」的時期，他在柳國四處觀察各地的情況——確認是否能夠越過這座山，但所得到的感受相當不錯。

也有很多王朝越過了一山，卻無法撐到三百年。雖然大部分王朝能夠繼續維持下去，但那些難以維持的王朝，通常在越過一山時，就已經出現了預兆。雖然勉強越過了一山，卻留下很多問題，不難預測這些問題日積月累之後，最終將走向毀滅。然而，柳國並沒有這種情況，看起來正在順利前進。

風漢聽了利廣的話，微微皺起眉頭。

「是啊——我之前也這麼認為，也曾經覺得柳國很可疑。」

「很可疑？」

「應該算是史無前例的例子，雖然我用『一山』來形容，但王朝初始是最大的山。新王登基後的十年左右，是否能夠建立完善的朝政是最大的難關，露峰在這件事上失敗了。」

「如果一開始沒有建立完善的朝廷，王朝通常無法持續太久。」

利廣說完，看著風漢的臉，忍不住笑了起來。

「偶爾也有非但沒有建立完善的朝廷，反而很支離破碎，卻仍然維持了五百年的妖怪。」

風漢大聲笑了起來，利廣也輕輕笑了笑。

「通常如果一開始沒有建立完善的朝廷，撐不過一百二十年。」

「照理說應是如此，但露峰撐了下來。在柳國剛好來到一山的時期，我曾經來過柳國，發現和之前完全不一樣了，法令的整備尤其顯著，感覺即使王在王位上毫無作為，國家也會自動向前發展——柳國的法令已經完善到這種程度。」

「嗯……是啊，我也覺得這點很了不起，在那個階段就能夠為國家打好那樣的基礎，可以輕輕鬆鬆撐個三百年。」

「當時的巨大變化讓我感到有點可怕。許多王朝雖然國家步上了軌道，王卻突然性情大變，進而崩殂，但第一次看到相反的情況。」

「可能只有雁國吧，原本以為雁國撐不過十年，沒想到一山之後，發生了巨大的變化。」

利廣說完，抱著手臂。

「如果露峰也承襲這種方式，不可能因為眼前這種情況就輕易垮臺，的確是前所未有……」

只有奏國和雁國是超過三百年的王朝，這也意味著其他國家都不穩固。大部分王朝都無法越過第一山，王朝通常在誕生數十年後滅亡，所以利廣至今為止見過很多王朝的誕生和滅亡。

「荒廢的方式也很陌生。」

風漢喃喃說道，利廣偏著頭。

「陌生？」

「我也搞不懂為什麼柳國現在會開始沉淪，不，我甚至不知道到底發生了什麼事——說得極端一點，就是露峰再度開始出現巨大的變化。」

「在這個時期？」

「就是在這個時期。露峰似乎對自己頒布的法令遭到無視、踐踏不以為意，不僅如此，他的行為似乎在破壞自己建立的堅固城堡。」

「破壞？」

風漢點了點頭。

「我認為法令只有在三大要素結合時，才能發揮作用，並不是只要用法律禁止某些事情，就可以順利執政。」

「有完善的禁令，同時有組織監視是否切實貫徹，如果缺少這兩大要素，法令就形同虛飾——另一個要素是什麼？」

「就是與禁令相反的肯定。有禁止貪官汙吏的法令，就必須同時有獎賞不會為非作歹的優秀官吏，並加以重用的制度，缺少其中一項，就無法順利。」

「原來如此……」

「柳國在這方面很出色，然而，露峰開始破壞這一切。他隨意改變其中一項，卻缺乏配套措施，想要執行的事無法貫徹始終，所以很多方面都出現了問題。」

「真奇怪……」利廣陷入了沉思，然後突然開了口，「露峰是不是已經不在王位上了？」

「不在王位上？」

利廣點了點頭。

「露峰可能對王位感到厭倦，所以放棄了實權。」

「很有可能。」

風漢說完站了起來，走到窗邊。初夏的陽光漸漸西斜，街道上傳來的喧囂更加熱鬧了。喝醉酒的人肆無忌憚地叫囂，女人的嬌聲宛如走了調的樂器發出的聲音，整個城市彷彿在舉行宴會。

「──露峰建立的體制很牢固，所以，即使他放棄了實權，也可以撐到今天。雖然柳國接下來將正式開始荒廢，但露峰可能早就開始胡作非為，以至於天意也將離他而去。」

利廣皺著眉頭。

「什麼意思？」

「聽說柳國的虛海沿岸已經出現了妖魔。」

利廣大吃一驚，這代表王朝的崩潰即將進入末期，但柳國目前還沒有正式開始荒廢，至少像利廣這些外人還無法明顯感受到荒廢。

「聽說以前不怎麼下雪的地方大雪紛飛，天運已亂，在朝政荒廢之前，國家已經開始荒廢，並開始沉淪，通常都是相反的情況。」

「雖然還沒有顯現在表面，但已經惡化到這種程度了？」

「看起來似乎如此，雁國已經派掌固守在邊境。」

看到風漢事不關己地說這件事，利廣點了點頭。

「看來柳國的餘命所剩不多了。」

利廣小聲說道——王朝就是如此脆弱。

從窗戶傳來的喧鬧聲格外刺耳，這些人的腳下出現了嚴重龜裂，宴席的地盤將會崩塌，地獄之門將會打開，已經無人能夠阻止——王一旦失道，選王的麒麟將會生病。一旦麒麟生病，任何王都會知道自己已經失道，只要改邪歸正，麒麟就會痊癒，但利廣至今為止從來沒有看過這樣的例子。有些王發現了自己的失敗，卻很少有王能夠痛改前非，成功地讓國家重新站起來。國家一旦荒廢，就無法停止，王悲壯的努力根本無濟於事。

利廣陷入了沉思，站在窗邊的風漢轉頭問他：

「你怎麼了?出乎意料讓你這麼沮喪嗎?」
「我的預測不準根本不足掛齒……」
利廣嘆著氣。
「是嗎——但不要沮喪，因為我覺得柳國可以成為大王朝。」
柳國具備了讓人抱有這種期待的光芒，然而，卻在這麼短的時間——在利廣眼中，只有短短的一百二十年就沉淪了。
「想到即使這種王朝也可能突然沉淪，就……」
「奏國的仁兄，你不是看過無數沉淪的例子了嗎?竟然還會說這種話?」
利廣忍不住失笑。
「正因為我是奏國人，所以才這麼說，我猜想你應該無法理解，因為還太年輕了。」
風漢有點意外地挑了挑眉毛。
「奏國在十二國中歷史最悠久。」
「原來是這個意思。」風漢苦笑著看向窗外。
「就是這個意思，雁國人無法體會這種痛苦，因為至少有比雁國的王朝長一百年的實例。」

然而，沒有比奏國更長久的王朝。如果王朝再持續八十年，甚至超越了傳聞中的實例。

「每次看到一個王朝隕落就會有這種感受，只要看在眼裡，就會不由自主地體認到，沒有任何一個王朝可以永生不死。」

奏國和雁國也無法例外。

「每次只要想到這件事，就感到喘不過氣。我知道沒有不死的王朝，不可能有永遠的王朝。既然沒有不死的王朝，有朝一日，奏國也將沉淪。」

風漢看著窗外說：

「這個世上根本沒有永遠。」

「是啊。」利廣苦笑著。

「所有的一切都是如此，雖然知道，但不知道為什麼，我無法想像奏國的滅亡。」

「那當然，沒有人能想像自己死去的樣子。」

「是嗎？我倒是可以想像自己死去的樣子，捲入一些無聊的紛爭而送了命，或是四處流浪時，被妖魔吃掉。」

風漢笑著轉過頭。

「想像可能性和想像死亡本身是兩碼事。」

「嗯，那倒是。」

利廣說完，想像了片刻。

「我還是無法想像，即使只是可能性，也完全沒有頭緒。」

利廣難以想像宗王偏離正道這件事。雖然無論宗王如何，臣子都可能會謀反，一旦想像這種情況，就會浮現臣子的臉，但宗王統率的百官諸侯中，沒有任何一個人看起來會謀反。

「……如果是雁國，我倒是可以想像。」

利廣嘀咕道，風漢露出好奇的表情。

「是喔？」

利廣笑著說：

「我可以很有把握地想像。以延王的個性來說，不可能是因為偏離正道而走向滅亡。雖然不知道他是否瞭解什麼是正道，但目前雁國都走在軌道上，他沒那麼天真，不可能不慎誤入歧途。即使心懷不軌的人想要討伐，他也不可能乖乖投降。只有延王想要讓雁國滅亡時，雁國才會滅亡。」

「……原來如此。」

「而且我覺得他會滿不在乎地這麼做，沒有明確的理，在某一天突如其來地覺得這樣好像也不壞，但他個性不乾不脆，不可能馬上付諸行動——嗯，可能會打賭。」

風漢露出訝異的表情。

「打賭是什麼意思？」

「就是字面上的意思，和上天賭博。比方說，可能會賭能不能碰巧遇到難得有機會見面的人。如果因為運氣不好而無法見到面的期間，就是上天贏，一旦見到了面，上天就輸了。」

「原來是這樣。」風漢出聲笑了起來。

「既然要做，就要做得徹底，雁國將徹底毀滅，無論百姓、官吏和台輔，王宮和都市都會消失殆盡，雁國將夷為一片平地。」

「殺了台輔，王的壽命不就到此為止了？」

「但並不會馬上斃命，殺了台輔之後，就要和上天競爭，是上天更快做出決定，還是延王更快把雁國夷為平地。那個人絕對喜歡這麼玩。」

「最終哪一方的動作更快呢？」

「如果他真要動手，應該可以獲勝……但這樣總覺得有點遺憾，所以可能會在最後關頭，留下幾個里，然後在自嘲中死去。」

「很不錯啊。」風漢笑了起來，「我也可以想像奏國的滅亡。」

「喔？」

「來無影，去無蹤的太子厭倦繼續留在這個世界，決定討伐宗王。」

利廣眨了眨眼睛，忍不住笑了起來。

「慘了……因為我開始覺得真的有這樣的可能了。」

風漢大笑起來，然後看著窗外。

「……想像範圍的事不可能成真。」

「希望如此。」利廣看著芝草被暮色籠罩的天空。

「這種事幾乎都避開了。」

「也許吧。」利廣只應了這麼一句就閉上了嘴。喧鬧聲滲進了漸漸瀰漫著夜色的室內。

——為什麼王朝會滅亡？利廣思考著。承天意而立的王，為什麼會失道？難道王自己沒有察覺自己偏離了正道嗎？如果沒有察覺，不就代表一開始就根本不知道什麼是正道嗎？這種人有資格承天意嗎？如果答案是否定的，那代表王必定瞭解什麼是正道，即使如此，仍然會偏離正道，在某個時間點，明知道是錯誤的道路，卻仍然踏上那條路。

利廣可以根據以往的事例，瞭解王在怎樣的情況下會誤入歧途，但正如無法想像自己死亡的瞬間一樣，他也無法想像踏上歧途瞬間的心態。到底是什麼原因促使王踏出那一步？如何才能阻止？

他正在思考這些事，風漢突然用開朗的聲音問：

「你會在芝草住一陣子嗎？」

「目前是這麼打算，但恐怕無法如願吧。」

如果不只是傳聞，而是柳國真的岌岌可危，利廣就必須立刻回國通報。

「但至少會逗留兩、三天，因為我想親自確認一下。風漢，你呢？」

「我明天就離開，因為我從雁國的邊境到芝草的沿途已經轉了一圈。」

「你還是這麼自由自在。」

「你哪有資格說我？」

我和你的立場不同——利廣想要這麼揶揄風漢，但最後改變了主意。他們都是來無影、去無蹤的人，在正式的場合見面之前，就維持這種關係吧。至今為止，他們曾經在世界各地巧遇，卻從來沒有在理所當然應該會遇到的正式場合見過面，所以以後可能也會持續下去。

「那就說說你轉了這一圈的感想吧，我可以請你吃晚餐。」

他笑著說道，結果用風漢口中難吃的菜肴當下酒菜，一起喝酒聊天到半夜。一起上樓後，和風漢分別走向左右兩側。他無意為打算清晨出發的風漢送行，明天要一覺睡到中午。如果奏國和雁國這兩個國家的運氣未盡，在幾乎快忘記對方時，又會在某個地方遇見。

「那就先跟你說聲路上小心。」

利廣說完，走去自己的房間，風漢在他的背後說道：

「對了，告訴你一件有趣的事。」

利廣轉過頭，看到風漢靠在樓梯的欄杆上笑著說：

「我圍棋下得不好，但偶爾會贏，每贏一次，就會偷一顆棋子，現在已經存了八十幾顆了。」

利廣停在原地。

「所以呢？」

「就只是這樣，我記得好像是八十三顆，結果就覺得自己很蠢。」

利廣忍不住笑了起來。

「現在呢？」

「我不記得自己曾經丟掉，如果沒有人拿去丟掉，現在應該在家裡的某個地方吧？」

「那是什麼時候的事?」

「兩百年前。」

風漢笑著說完，揮了揮手，轉身離去。「後會有期。」風漢一派悠然地說道。

「快去死啦。」利廣笑著回答。

＊

南方大國奏國的首都名為隆洽，清漢宮位在隆洽山的山頂，這裡是建立了六百多年大王朝的宗王居宮。

王宮內，王的居所正寢通常都是一國的權力中心，但奏國的情況稍有不同，奏國的權力中心是後宮典章殿，從宗王登基至今六百年來，從來不曾改變。

清漢宮看起來不像是位在隆洽山的山頂，更像是由浮在雲海上大小不一的島嶼組成。許多建築物都從島嶼向外延伸，懸在清澈的海面，其間架起無數座橋，將這些建築物連結在一起。如果正寢算是一座島，後宮也是一座島，從正寢走過橋，經過樓門，再穿越擋住去路的小山腳下的隧道，沿著山峰後方的石階向上走一小段，就來到位在高台上的後宮正殿典章殿。從典章殿可以眺望海灣，海灣周圍斷崖左右兩側有架在半空中的閣道，通往後宮深處的北宮和東宮。

當夜幕降臨後，透明而平靜的雲海上出現了騎獸的身影。在半輪明月的月光下，像影子般飛來的騎獸穿越海灣，筆直飛向典章殿。飛越山崖旁，沿著轉了兩、三個彎的彎道通往海面的露臺，降落在後窗外突出的一小片岩石區。

窗內亮著燈，隔著玻璃，可以看到寬敞的堂內。堂的中央有一張大圓桌，圓桌旁的人可能剛吃完飯，桌上疊著大小不一的餐具，有五個人影拿著茶杯坐在那裡。

「每次回來，總是看到大家在一起啊。」

利廣笑著說道，從窗戶走進室內，圍在圓桌旁的人同時轉頭看著他，紛紛發出驚訝或是很受不了的聲音。其中一個年紀稍長，體態豐腴的女人停下手，深深地嘆了一口氣。

「……你這孩子，永遠記不住出入口在哪裡嗎？」

說話的是宗后妃明嬉。照理說，王后應該住在北宮，但恐怕只有在奏國可以看到后妃出現在後宮，而且用繩子挽起看起來很高級的襦裙袖子。眼前有一堆桃子，堆得像小山般高，她正在剝桃子皮。

「而且不是再三告訴你，別在王宮內騎騎獸嗎？你這個放蕩兒子，到底要說幾次才記得住？」

「剛記住就忘了，因為我已經上了年紀啊。」

利廣不以為意地笑著，明嬉再度嘆著氣，輕輕搖著頭。

「所以你這個老糊塗終於想起要回家了？這次又去了哪裡？」

「喔，」利廣笑著在圓桌周圍唯一的空位坐了下來，「到處看看啊。」

「所以又繞了一周嗎？真受不了你，不知道該說什麼了。」

「那妳現在說的是什麼？」

「這叫牢騷，你給我記清楚了。」

「我也不確定能不能記住。」

「母后，」利廣的哥哥——英清君利達比明嬉更用力嘆氣。

「別理這種蠢東西，妳越理他，他越來勁。」

「好過分。」

利廣的妹妹文姬輕聲笑了起來，她的號是文公主。

「哥哥就是想聽母親大人的牢騷才回來的，因為他是愛撒嬌的孩子。」

「喂，喂！」

「你不看看自己臉上的表情有多樂，每次都這樣啊，要不要去照照鏡子？」

「有嗎？」利廣摸著自己的臉，一個金髮女人露出溫柔的微笑。

「無論如何，歡迎你平安歸來。」

說話的是宗麟——昭彰。利廣誇張地點著頭。

「只有昭彰關心我。」

「因為昭彰是麒麟啊。」

文姬說，利達也點了點頭。

「麒麟本來就是慈悲的化身。」

「昭彰連全世界最惡貫滿盈的壞蛋也會關心啊。」

明嬉也跟著說道，利廣只能苦笑著靠在椅背上。

「怎麼樣？」一家之主宗王先新悠然地問道。他停下正把餐具收到小桌子上的手，親自倒了茶，遞給兒子。這恐怕也是在奏國以外難以看到的景象。

「你四處看看之後有何感想？」

「柳國可能不太妙。」

哐噹。先新放下的杯子發出了聲響。

「柳國？」

利達皺著眉頭放下毛筆，把資料推到一旁。

「又不妙了嗎……這陣子消息不斷。」

「消息確切嗎？」

先新問道，利廣點了點頭。

「應該沒錯，據我的觀察也這麼認為。柳國的沿岸——靠近虛海的那一側已經有妖魔出沒。因為都是面對戴國的那一帶有妖魔出現，所以百姓都認為是來自戴國，但如果天意沒有減少，妖魔根本不可能靠近。雁國已經派了掌固防守邊境。」

「是喔。」利達小聲嘟噥，「既然那個聰明人已經動用了夏官，看來真有其事。」

文姬嘆著氣說：

「延王也真辛苦，戴國不平靜，妖魔肆虐，而且鄰國的慶國也始終處於不安定的狀況，現在連柳國也不妙。」

「還有巧國啊，已經有相當數量的難民渡過青海，流入了雁國。」

「巧國的情況怎麼樣？」

「還是很慘，從赤海往青海的航路已經完全封閉了，因為妖魔太多，無法通過中間的巽海門。塙王到底在搞什麼啊？白雉不是才剛死沒多久嗎？竟然有這麼多妖魔出沒。」

「因為巧國的關係，」利達咬牙切齒地看著剛才推到一旁的資料，「逃來這裡的難民也多得讓人發昏。雖非出於本意，但奏國已經習慣收留難民了，只不過這次的情況不太一樣，你要不要暫時收斂一下，負責救濟難民的工作？」

「文姬不是更適合嗎？」

「我現在負責保翠院啊。」

奏國全國都有收留難民和遊民的救濟設施，也就是保翠院。文姬擔任保翠院的首長大翠已久。

當國家推動某項太綱上所沒有的特別事業時，王必定會安排一名家庭成員擔任首長。比起由官吏擔任首長，即使太子或公主只是掛名擔任首長，也可以讓官吏工作更賣力，百姓也更能夠信賴和放心。

即使知道文姬擔任大翠只是掛名的首長而已，但百姓認為公主擔任首長代表王親自關心這件事，決心要完成這項事業，文姬擔任大翠，等於宗王親自負責指揮，所以才會信賴，但實際上並不是這麼一回事。形式上由文姬聽取官吏意見，加以彙整後上奏先新，由先新做出裁決，但文姬根本不會一一請示先新，文姬有很多已經蓋了御璽的白紙——而且他們一家人寫字的筆跡都一樣，這是六百年來培養出來的特技。

「只靠保翠院已經無法解決問題。」

利達嘆著氣說道。

「因為逃來此地的難民數量驚人，而且前仆後繼，以前完全沒有發生過這種情況，按照傳統的方法已經無法因應——你應該知道，那些難民都是倉皇逃命，逃過邊境之後就精疲力竭了，而且也擔心自己國家的情況，打算等祖國稍微平靜之後就回去，所以都不願意離開邊境。這些難民都聚集在高岫山附近形成了聚落，但這次幾乎都無法妥善照顧他們。」

「把他們接去保翠院啊。」

「有在做啊，只是速度完全跟不上。」

聽到文姫這麼說，明嬉也點著頭。

「總之，要妥善管理難民，當成奏國的客人好好照顧，至少要讓那些聚落有城鎮的規模。」

「目前只有你沒有擔任要職，所以別再負隅頑抗，乖乖就範吧。」

聽到利達這麼說，利廣嘆著氣說：

「看來似乎逃不掉了。」

「你再敢滿嘴歪理，我就把你打出去，這件事就交給你了。」

「但如果交給我處理，國庫會大失血啊。」

「不用你提醒也早就知道了。」

「物資的調度和運輸情況如何？」

「剛才做出結論，縣城的義倉應該可以應付。」
「那就試試吧。」
「你要立刻擬個草案，規劃一下方針。」
「……恭謹受命。」
「唉，」先新嘆了一口氣，「延王都親自處理這些事嗎？老實說，我真是太佩服他了。」
「雁國的官吏都很優秀，而且機動能力也很強。」
利達說完，皺著眉頭說：
「相較之下，本國的官吏都很悠哉啊。」
「但也因為悠哉，不會去動歪腦筋，所以也算是扯平了。」
明嬉苦笑著說道，一家人都嘆氣笑了起來。
「算了，」先新笑著說：「本國有本國的方式。對了，其他各國的情況怎麼樣？」
利廣聳了聳肩。
「戴國的情況也很糟，我在附近打轉，設法靠近，但完全沒辦法，靠近虛海那一側妖魔橫行。」
文姬偏著頭納悶。

「但白雉不是沒死嗎？所以泰王應該沒有遭遇不測啊。」
「完全搞不清楚狀況，綜合我四處打聽到的消息，聽說出現了偽王。」
「即使泰王還健在？」
「所以很奇怪，完全沒有聽說泰麒失道。既然泰王也沒有駕崩，泰麒也沒有失道，只能認為發生了內亂，只不過內亂導致那麼多妖魔肆虐也很奇怪。」
「很像啊……」
昭彰插嘴說道。
「很像？」
「對，和巧國很像——塙麟失道後塙王就崩殂了，雖然並不算是稀奇，但國家在這麼短期間內荒廢至此的例子並不多見。」
「是啊。」明嬉把剝好的桃子切開後，放在每個人的盤子裡。
「希望不是因為妖魔發生了什麼狀況。」
「妖魔發生狀況嗎？」
「目前的狀況不是很奇怪嗎？如果不仔細看清楚，就無法分辨到底是戴國和巧國奇怪，還是在這兩個國家出沒的妖魔有問題。」
「母后，妳別說這種話。」利達嚴肅地說完後瞪著利廣說：「一旦妳這麼說，有人就會想去調查——利廣，你是不是又蠢蠢欲動了？」
「我已經接受了一項重任，就不會再蠢蠢欲動了。」
「最好記住自己說的話。」
「竟然不相信。」利廣苦笑道，先新問他：
「不是還有另一個不安定的國家嗎？芳國的情況如何？」
「芳國並沒有特別的異狀，只是在慢慢沉淪而已，應該算是趨於緩和了，真想見識一下芳國的代朝。」
「其他國家呢？」
「其他國家應該沒什麼大礙吧。舜國雖然不太安定，但新王登基才四十年，差不多就是這麼一回事吧。雖然不知道日後的發現，目前感覺逐漸走向穩定。範國正值關卡的時期，去看了之後，感覺沒有什麼問題，應該會繼續向前發展。」
「慶國如何？有沒有慢慢穩定下來？」
「啊，」利廣笑了起來，「沒錯，慶國。那個國家越來越有意思。」
「喔？」文姬偏著頭，「慶國的新王不是女王嗎？」
「是啊——嗯，慶國雖然和女王不合，但這次可能和以往不太一樣。上次景王頒布了初敕，初敕的內容是廢除伏禮。」

「啊？」在場的所有人都張大了眼睛，明嬉滿臉驚訝地問：
「廢除伏禮——那要怎麼辦？」
「所有人都只行跪禮？像麒麟一樣？」
文問，利廣對著她點了點頭。
「聽說是如此。」
「但為什麼要廢除伏禮？」
「雖然沒有什麼實質好處，但總覺得可以感受到景王的魄力，有史以來，第一次有王對百姓說，不要磕頭，不是嗎？」
「那倒是……」
「在頒布初敕之前，慶國中央的某個地區發生了動亂，景王竟然親自上陣，平定了動亂。」
「啊喲！」文姬捂著嘴。
「聽說她把那些長期在朝廷作威作福的傢伙揪了出來，也整頓了官吏，很少有景王這麼有行動力。」
「是喔……」
「聽說頒布初敕後，還大力推動改革，廢除了有關半獸和海客的規定，而且也是以敕令的方式強制執行。聽說禁軍的左軍將軍就是半獸。」

「是喔，太厲害了。」

「應該說是終於吧。」

「景王用敕令執行不是很厲害嗎？慶國以前從來沒有這種魄力呢。」

「是啊——現在的慶國的確很有魄力，感覺很不錯。」

利廣露出微笑。慶國各地仍然充滿對新王強烈的不信任感，但越是靠近王都，百姓的臉上就充滿生氣，這代表希望從王的身邊開始擴散。因為慶國持續動亂，臣子都像岩石般頑固，但新王有足夠的魄力可以摧毀這些頑固。慶國應該可以撐過最初的十年，而且會越來越好。

利達吐了一口氣。

「慶國慢慢走向穩定，真是太好了。聽到各國都陷入動亂，每天連覺都睡不安穩。奏國也要向慶國學習，繼續向好的方向發展。」

「你這是在叮嚀我嗎？」

「因為按照你自己的說法，好像有點痴呆了啊。」

「是啊是啊。」利廣苦笑著回答，坐在圓桌周圍的人都陷入了沉思，似乎在思考，先新最先打破了沉默。

「根據你的觀察，柳國可以撐多久？」

利廣偏著頭想了一下。

「不知道，一旦發生狀況，應該很快就能見分曉，但目前只有妖魔出沒，代表天意幾乎已盡，也許台輔最近就會失道。」

「柳國的難民和奏國無關，應該會去投靠雁國和恭國吧？」

「雁國已經掌握了狀況，所以沒有太大問題。」

「只不過雁國已經在照顧戴國、慶國和巧國的難民，雖然慶國已經慢慢站起來，但目前應該仍然需要援助。戴國就完全仰賴雁國，而且還有巧國北方的難民也會逃往雁國。對那些難民來說，是理所當然的選擇，他們不可能穿越妖魔肆虐的土地逃來奏國。雁國目前還要照顧巧國的難民，如果柳國再荒廢，雁國的負擔太重了，我們主動提出援助會失禮嗎？」

「那就不知道了，」利廣笑了起來，「也許我們可以思考如何接收巧國的難民。以目前的狀況來看，巧國的難民很可能會逃去慶國，但慶國還沒有能力協助巧國的難民。」

「嗯……」先新發出呻吟，「問題在於如何把巧國的難民吸引到奏國來。」

「可以派船去接人。」

正在資料上寫備忘的利達在寫字的同時舉起了另一隻手。

「從赤海進入青海似乎不容易，但可以先增加前往赤海沿岸港口的船班，還有靠虛海那一側，可以在巧國沿岸安排提供給北上的難民專用的船。」

「不是說虛海沿岸沒有像樣的港口嗎？」

先新看著利廣問道，利廣點了點頭。

「只有兩個港口可以提供大船進入，但有幾個大大小小的漁港。」

「那就用小型船，這麼一來，就可以進入漁港，況且，如果不用小船，大船的數量也不夠，否則就必須著手建造。漁船能夠搭乘的人數有限，但可以組成船隊，或是增加船的班次。」

「嗯……原來還有這一招。」

明嬉表示同意。

「就這麼辦。即使匆忙建造了大船，以後就派不上用場了，小船還可以賣給漁民。只要讓巧國靠虛海那一側和北方的難民帶來奏國，就可以減輕對慶國造成的負擔。」

「是啊，這麼一來，反而是恭國有問題。」

利達說完後抬起頭，看著利廣。

「我在回程的時候去了恭國，請他們做好心理準備。」

「恭國的物資情況怎麼樣？」

「聽說已經用義倉的糧食援助芳國，暫時可以轉為供應柳國的難民。相反的，芳國總算逐漸穩定了，但芳國日後恐怕還是需要物資的支援，一旦久拖，恐怕問題就很嚴重。」

文姬嘆著氣說：

「如果要同時照顧芳國和柳國的難民，負擔實在太重了，尤其芳國因為地理位置的關係，比較仰賴恭國，恭國和鄰國的範國有邦交嗎？」

「應該沒有。」

「那我們也要做好援助恭國的準備，至少要確保最低限度的糧食。」

「文姬，這怎麼行？」

明嬉輕聲笑了起來。

「妳要考慮到運輸的時間和費用。與其由我們來準備，不如援助恭國的國庫，而且巧國的難民來到奏國後，我們不也打開了義倉嗎？如果再為了恭國四處買米，價格會飆漲。」

「那……倒是。」

「也許該建議供王監督穀物的價格，還有木材。北方的木材產地不是以恭國、芳國和柳國這三個國家為主嗎？如果其中有兩個國家荒廢，木材價格一定會飆漲。我們可以設法降低穀物和木材的價格，就可以讓這些物資流向北方。」

「但是──」

文姬想要反駁，先新制止了她。

「妳母親說得對，送物資並不是好方法，會打擊獨立自主的精神。對難民來說，最重要的就是忍耐和擁抱希望，我們要在這方面提供援助。」

「喔，嗯。」

「雖然要協助他們站起來，但一旦他們站起來了，就必須放手。援助恭國沒問題，我也贊成援助恭國的國庫，讓恭國有更多能力救濟難民，但必須由恭國出面。得到鄰國的幫助時，柳國的百姓也會感到安心，以後也會感激恭國的恩義。雖然奏國提供幫助時的情況也一樣，但柳國日後可以向恭國回報這份恩義；如果是奏國出面幫助，就無法回報這份恩義。無法回報的恩義就好像是天上掉下來的禮物，一旦習慣這種情況，就會打擊難民最重要的東西。」

「是。」文姬點頭笑著回答。

先新回頭看著利廣說：

「你也一樣，為巧國百姓揮霍國庫的錢當然沒問題，但不要過度。」

「我知道。」

先新點了點頭，輕輕吐了一口氣。

「幸虧你及時帶回各國的消息，幫了很大的忙。」

「父王，千萬別稱讚他。」利達插嘴說：「要讓利廣有點自覺才行。」

「你不要一直叮嚀，難民的事包在我身上。」

「說得好，那就一言為定。如果辦事不利，我可不饒你。」

「我知道。」

「還有，」利達瞪著利廣說：「趕快把騎獸牽回廄房，要讓牠在外面等多久啊。」

利廣聳了聳肩，昭彰笑著站了起來。

「我來。」

「昭彰，讓他去，」明嬉制止了她，「用完的東西放回原處這點小事要讓他自己去做，畢竟已經不是小孩子了。」

所有人都笑了起來。

「就是啊。」

「是啊，哥哥，你也得像個大人才行啊。」

「全天下哪有六百多歲的小孩子？」

「好啦，好啦。」利廣自己也笑著站了起來。

這裡完全沒變——利廣從窗戶走到窗外的一片岩石區時想道。都是老面孔，自己的座位也總是在那裡，窗內總是亮著燈，每個人都一臉開朗的表情，和和睦睦地聚集在一起。

旅行回來時，只要看到這幅景象，就會發自內心感到安心。不知道該說是幸運還是不幸，他對這份安逸還沒有感到厭倦，不，利廣這樣頻繁溜出王宮，冒著危險四處流浪，或許就是對這樣的生活感到厭倦。他想起自己每次出門時，從來不會想到回來的事，滿腦子都想著要去哪裡，奏國、清漢宮和這些家人完全都拋在腦後，也許在利廣自己都沒有意識到的內心深處想著再也不回來這裡。

然而，利廣最終還是回到了這裡。

看到其他國家的情況，就會感到太悽慘。國家脆弱，百姓總是如履薄冰。這個世界上沒有不死的王朝，這是太明確的道理——但至少這裡還沒問題，至少在彼此能夠相互扶持時，還不會有問題。

利廣回頭看向窗內。

——也許自己回來就是為了確認這件事。

解說

會川昇

我當然是以讀者的身分，認識了小野不由美女士的作品。

最先看了小野女士的《東京異聞》。作品世界的格局完全不像是新人作家，偽裝成明治初期為舞臺的推理小說，卻又大膽地徹底顛覆的出色創作能力令人嘆為觀止，我至今仍然記憶猶新。

之後，透過我們共同的朋友，有機會利用網路線上通訊和小野不由美女士進行交流，她竟然認識當時幾乎默默無聞的我，也知道我的一部舊作，令我誠惶誠恐，更因此獲得了小野不由美女士代表作之一的《滿是惡靈!?》為首的系列作品（目前以「惡靈獵人」為名，由媒體工廠出版）改編成廣播劇「惡靈狩獵～惡靈獵人」的機會。

「惡靈獵人」之後也根據漫畫版拍成了動畫，和「惡靈狩獵～惡靈獵人」的角色和工作人員都不同，是將原著簡略而成。因為音效指導的堅持，脫離了原作的少女小說，凸顯了恐怖的一面，成為一部出色的作品。很遺憾的是，CD已經絕版，卻是我難以忘記的作品。

負責那張CD封面設計的是動畫製作公司「Studio pie（目前改為piero）」，之後《十二國記》拍成動畫時，也是由該公司負責。因為我認識作者的關係，所以由我負責腳本，沒想到是一項艱難的工作……

看這本書的讀者應該不需要看解說，但《十二國記》以一九九一年推出的《魔性之子》和一九九二年的《月之影　影之海》拉開了系列作品的序幕，經過了二十多年，仍然持續獲得眾多讀者的支持，是一部超人氣作品。

以一言蔽之，就是少女和少年從現實的日本（在異世界中稱為蓬萊），突然闖入了令人聯想到中國古代的異世界，展開了冒險故事，但故事當然沒這麼簡單。

從這個世界闖入異世界的人因為具備了和異世界不同的知識和能力，因此在異世界大顯身手的故事是奇幻世界王道，E．R．巴勒斯的《火星》系列，以及小野女士談到自己所參考的C．S．路易斯的《納尼亞傳奇》等，這個領域有很多古典作品。

在栗田教行（天童荒太）和林海象的《ZIPANG》中，也可以看到中國大陸和日本之間所存在的、看起來像是傳說的異世界設定。

但是，小野女士並沒有因為先推出的這些作品感到畏縮，而是成功地建立了精緻的作品世界，對許多現象並沒有以「因為是奇幻小說」而一筆帶過，而是深入描寫其中的原則和要因，經過漫長的作業，終於創造出連平時不看奇幻小說的讀者也為之驚嘆的高品質作品。不僅如此，作品中的角色不允許軟弱，有時候背負著殘酷的命運，成為現實的鏡子，在這個時代重現了所謂的教育小說。

時下流行的輕小說有很多是描寫闖入異世界的故事，毫無疑問，《十二國記》是對輕小說界造成影響的原點，而且將持續屹立在無人可及的頂點。

本書《華胥之幽夢》是講談社文庫在二〇〇一年出版的作品，後來才推出新潮文庫完整版，也同時改變了出版順序、內文的漢字。由於講談社出版先發行了《黃昏之岸　曉之天》，所以本作是最後一部，日前才剛推出的《丕緒之鳥》，是眾多讀者引頸期盼了十二年的新作。正因為如此，這部作品對很多讀者來說，應該是充滿回憶的作品。

同樣是短篇集的《丕緒之鳥》為了能夠讓第一次閱讀本系列的讀者，更容易進入故事的情境，作者發揮了匠心，有時候並沒有明確寫出是那個國家的什麼時候發生的故事，直到最後，才讓系列作品中的角色出現。但本書收錄的短篇，每一篇都強烈意識到死忠書迷的感受，都是已出版的長篇後續故事或補充發展。

「冬榮」以戴國和漣國為舞臺，描寫年幼泰麒的故事，是《風之海　迷宮之岸》的後續發展。在這個世界，即使外表很年幼，但實際可能已經是數百歲的王和麒麟中，無論外貌和實際都很年幼的泰麒顯得格外珍貴，作者在描繪這個角色時也格外用心。但在新潮文庫接下來出版的《黃昏之岸　曉之天》中將發現，這個短篇背後隱藏了正在發展的可怕事態，讀者將被作者的「壞心眼」玩弄。

「乘月」以芳國為舞臺，是《風之萬里　黎明之空》的後續發展。在《十二國記》中，每個角色都有字、本姓和官名等好幾個名字，作者藉由區分使用這幾個不同的名字，有時候即使是熟悉的角色，也會讓讀者一下子無法立刻知道那個角色是誰。這篇作品也是如此，正因為如此，當發現這個人物的真實身分時，更感受到這個故事的深度。

「書簡」是以慶國和雁國為舞臺，描寫了陽子和樂俊在《月之影　影之海》之後的交流，也具有《風之萬里　黎明之空》序章的功能，可以感受到他們彼此相互體諒的心和成長，在改編成卡通時，這個故事就單獨成為一集。

「華胥」是關於《風之萬里　黎明之空》中也曾經出現過的才國的故事，因為當初曾經刊在推理雜誌上，所以運用了小說特有的敘述性詭計，是本短篇中唯一從一開始就不得不放棄影像化的作品（只要動畫持續播出，「冬榮」和「歸山」有可能影像化），除了架構以外，這個故事也留下了最沉重的話語。

「歸山」以柳國為舞臺，是彼此不知道對方真實身分的某國之王和王族邂逅的故事。柳國也是《丕緒之鳥》中收錄的「落照之獄」的舞臺，由神祕的王支配，正逐漸走向荒廢。柳國象徵了十二國中的暗部，故事描寫了活了數百年，而且會持續活下去的「人」複雜的內心世界。以時間來說，應該是在《風之萬里　黎明之空》之後，但和《圖南之翼》也有密切的關係，深刻的內容讓人不由得思考這個世界的體制。

《十二國記》的短篇幾乎已經網羅成冊了，除此以外，只剩下番外篇了。由動畫版發展而來的CD廣播劇「十二國記夢三章」，和藍光BOX的特典，是將原作中沒有影像化的部分擴大後改編的廣播劇，其中也包括了CD專屬的故事，每個故事都由我和工作人員根據原作發揮的創意，經由小野女士監修而成，說起來算是外傳，不，應該稱為偽傳。每次在寫這些故事時，都自嘆自己的寫作能力和作者小野女士精緻的作品世界有著天壤之別。

這次重讀這一系列作品後，最佩服的是小野女士分別描寫了十二國的主要人物王和麒麟。包括在下一集《黃昏之岸　曉之天》中初次出現的兩個範國的人物，以及在「歸山」中稍微提及的舜（因為在製作動畫時的需要，所以請教了作者，目前只知道徇王是女王。在負責動畫製作時，必須向作者請教這些尚未公開的設定）在內，十二個國家的王，或是王位無王的狀況都不相同，也就是所謂「角色很立體」，每個角色都富有魅力，這個世界整體都是作品的主人公。

《十二國記》中，有很多剖析人類內在的金玉良言。《月之影　影之海》中，陽子和猴子之間的對話堪稱典型，本書中也有不少。

「工作是自己挑選的，職責是上天賦予的。」

「不瞭解罪孽有多深重本身就是一種罪。」

「任何人都不可能習慣痛苦的事。」

還有——

「責難無法成就任何事。」

每一句話都刺中我們脆弱的內心，有時候甚至覺得是在指責自己。

我在將《風之萬里　黎明之空》改編成動畫的過程中，知道有人覺得「像在說教」，也有人產生了反彈。芳國的公主祥瓊遭到各種指責，有一部分觀眾袒護祥瓊，認為「只因為她是惡王的女兒，就受到霸凌，太不公平了。」我猜想有這種感想的人，應該在無條件接受父母行為的祥瓊身上看到了自己的影子，進而產生了反彈。

《十二國記》是一部奇幻小說，同時也是一部冒險小說、青春小說，也有推理和科幻的成分，從恐怖小說的角度來看，也有一流的描寫。有人稱這些統稱為「類型小說」。

「奇幻（類型）小說只是逃避現實。」

「看奇幻小說只想要暫時忘記現實，不希望在看小說時還被人說教。」

有這種想法的讀者，似乎對為什麼不只是寫主人公在異世界瀟灑地大顯身手感到不滿。

看了本書中的「乘月」，我內心湧起一股暖流，幾乎熱淚盈眶。

我當然知道這是奇幻小說，是異世界的故事。我既不是殺了敬愛的王，為此深陷煩惱的代王，也不是被奪走父母和祖國的公主，但我在這裡，覺得追求完美正義的人很耀眼，但正因為太耀眼，而不得不否定……雖然瞭解自己的豐足生活建立在什麼的基礎上，卻視而不見……冠冕堂皇地說是為了正義，其實這些舉動只是在發洩私憤……這個故事讓我知道，原來自己是這麼懦弱的人，暴露了我內心不敢正視的罪惡，所以，即使乍看之下不同，但我認為這是關於我們的故事。

奇幻小說和其他類型小說，使用了和那些以現實為舞臺的小說不同的方式，描寫了我們的故事，在尖銳地指出問題之後，又說了「人是可以改變的」這句撫慰人心的話。這正是奇幻小說的意義和價值。

如果要求作者寫可以逃避現實，讓人感到心情愉快的故事，或許也能寫，但這只是「工作」。

——並不是職責。

（二〇一三年十一月，劇本作家）

十二國記

奇炫館
十二國記　華胥之幽夢
（原名：華胥の幽夢　十二国記）

著　者／小野不由美
執行長／陳君平
榮譽發行人／黃鎮隆
協　理／洪琇菁
總編輯／呂尚燁
譯　者／王蘊潔
美術總監／沙雲佩
美術編輯／陳又荻
執行編輯／洪琇菁
封面及內頁插畫／山田章博
國際版權／黃令歡、高子甯
文字校對／施亞蒨
內文排版／謝青秀

出　版／城邦文化事業股份有限公司　尖端出版
台北市中山區民生東路二段一四一號十樓
電話：（〇二）二五〇〇—七六〇〇
傳真：（〇二）二五〇〇—二六八三
E-mail：7novels@mail2.spp.com.tw

發　行／英屬蓋曼群島商家庭傳媒股份有限公司城邦分公司　尖端出版
台北市中山區民生東路二段一四一號十樓
電話：（〇二）二五〇〇—七六〇〇（代表號）
傳真：（〇二）二五〇〇—一九七九

中彰投以北經銷／楨彥有限公司（含宜花東）
電話：（〇二）八九一九—三三六九
傳真：（〇二）八九一四—五五二四

雲嘉以南／智豐圖書有限公司
（嘉義公司）電話：（〇五）二三三—三八五二
傳真：（〇五）二三三—三八六三
（高雄公司）電話：（〇七）三七三—〇〇七九
傳真：（〇七）三七三—〇〇八七

香港經銷／城邦（香港）出版集團有限公司
香港灣仔駱克道一九三號東超商業中心一樓
電話：（八五二）二五〇八—六二三一
傳真：（八五二）二五七八—九三三七
E-mail：hkcite@biznetvigator.com

新馬經銷／城邦（馬新）出版集團 Cite（M）Sdn. Bhd.
E-mail：cite@cite.com.my

法律顧問／王子文律師　元禾法律事務所
台北市羅斯福路三段三十七號十五樓

二〇一五年十月一版一刷
二〇二三年十一月一版九刷

■中文版■

郵購注意事項：
1.填妥劃撥單資料：帳號：50003021戶名：英屬蓋曼群島商家庭傳媒(股)公司城邦分公司。2.通信欄內註明訂購書名與冊數。3.劃撥金額低於500元，請加附掛號郵資50元。如劃撥日起 10～14日，仍未收到書時，請洽劃撥組。劃撥專線TEL：(03)312-4212 ・ FAX：(03)322-4621。E-mail：marketing@spp.com.tw

國家圖書館出版品預行編目(CIP)資料

十二國記 : 華胥之幽夢 / 小野不由美作 ;
王蘊潔譯. — 1版. — [臺北市] : 尖端出版 :
家庭傳媒城邦分公司發行, 2015.10
冊 ; 公分
譯自 : **華胥の幽夢**
ISBN 978-957-10-6164-1(平裝). —

861.57 104016611

十二國記

十二國記

十二國記

十二國記